Un océan d'amour

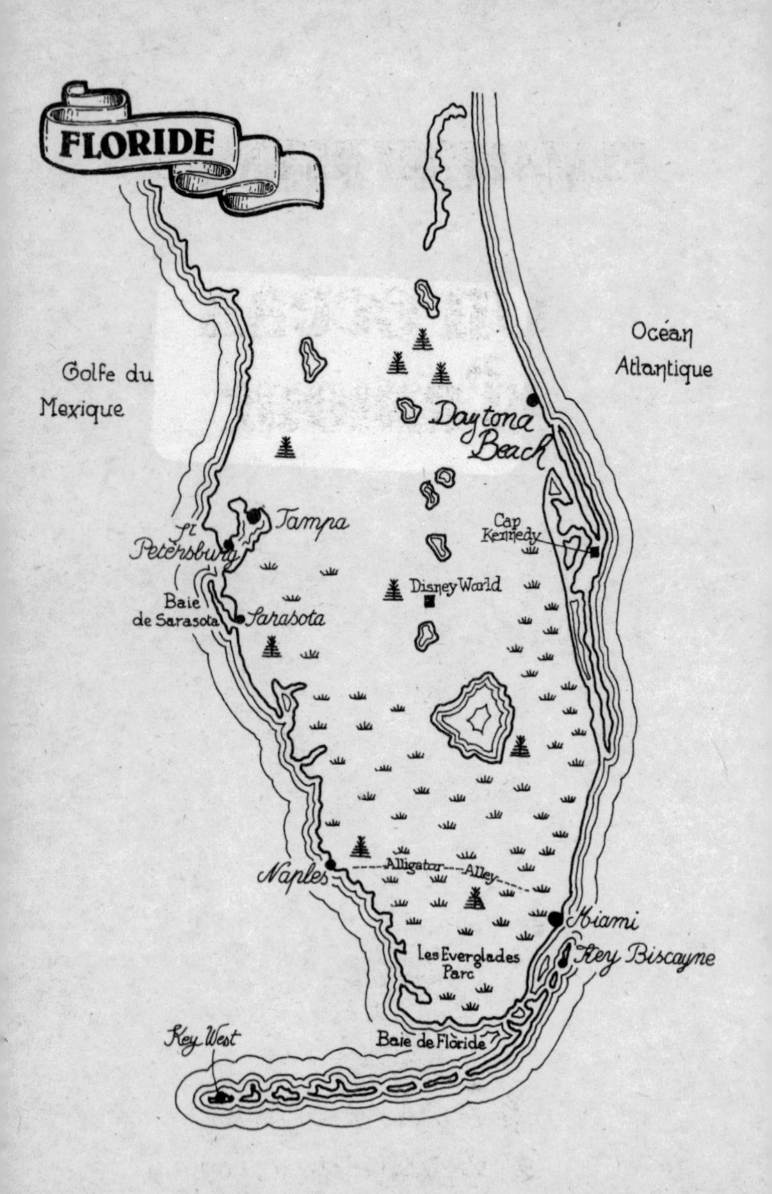
FLORIDE
Océan
Atlantique
Golfe du
Mexique
Daytona
Beach
Tampa
St
Petersburg
Cap
Kennedy
Disney World
Baie
de Sarasota
Sarasota
Alligator Alley
Naples
Miami
Key Biscayne
Les Everglades
Parc
Key West
Baie de Floride

ELIZABETH REYNOLDS

Un océan d'amour

Titre original : *An Ocean of Love* (158)

Originally published by SILHOUETTE BOOKS
a Simon & Schuster division of Gulf
& Western Corporation, New York

Traduction française de : Jeanne Saurin

31, rue de Tournon, 75006 Paris

1

Jill sentait que ses nerfs allaient craquer. Pendant des semaines, elle avait assisté sa belle-mère, tout au long de sa lente et douloureuse agonie. Et maintenant, au bord de la crise de nerfs, elle s'efforçait de donner au moins l'impression qu'elle gardait la maîtrise d'elle-même. Mais ses mains étaient crispées sur l'accoudoir du fauteuil tandis qu'elle regardait fixement Me Formby, l'avoué de la famille.

– Vous voulez dire que ma belle-mère n'a fait aucun testament? Et que papa n'avait prévu aucune clause pour le cas où elle mourrait?

La voix basse de Jill et ses yeux d'un bleu limpide exprimaient la stupéfaction. L'avoué contempla un moment la ravissante jeune fille brune assise de l'autre côté de son bureau, et soupira en remontant ses lunettes sur son nez.

– Eh oui, Jill, j'en ai bien peur. J'ai souvent essayé de persuader Lucy de remédier à cette situation, mais vous savez combien elle était irresponsable et égoïste.

Il formulait cette accusation en sachant fort bien que la jeune fille allait prendre la défense de sa belle-mère, ce qui ne manqua pas d'arriver.

– Oh! non... Vous oubliez qu'à la mort de papa elle s'est effondrée. Elle était de ces femmes qui ont besoin d'un homme pour s'occuper d'elles. Elle n'y pouvait rien, vous savez.

– Si vous voulez. Mais je ne comprendrai jamais comment vous pouvez encore penser avec sympathie à Lucy Taggert, après tout ce qu'elle vous a fait subir ces dernières années. Surtout depuis six mois! Enfin... Votre loyauté ne sera malheureusement pas récompensée. D'ailleurs, même si Lucy vous avait laissé quelque chose, tout aurait dû être vendu pour régler les dettes de la succession de votre père.

Les yeux de Jill s'arrondirent encore davantage et elle se redressa dans le fauteuil de cuir.

– Des dettes? Que voulez-vous dire?

Me Formby eut soudain l'air très gêné.

– J'aurais vraiment voulu vous épargner tout ceci, mais... Eh bien, votre père avait, de son vivant, fait des dettes que votre belle-mère a omis de rembourser. Et depuis la mort de votre père, elle n'a cessé d'en accumuler de nouvelles. Je suis l'exécuteur testamentaire de votre papa, et c'est moi qui me suis occupé des factures de la maison.

Jill se laissa retomber contre le dossier.

– C'est donc pour ça que je n'en voyais jamais... murmura-t-elle. J'ai interrogé Lucy, une fois, dans un de ses moments les plus... normaux, et elle m'a assuré qu'elle s'en occupait. Elle disait que je n'avais qu'à veiller à approvisionner la maison. Elle ne manquait jamais d'argent pour les dépenses quotidiennes.

Jill se souvenait du nombre de fois où Lucy lui avait jeté une liasse de billets – généralement des coupures de 50 dollars – afin de remplir le garde-manger. Mais une horrible pensée lui traversa l'esprit et elle leva des yeux atterrés vers l'avoué.

– Où trouvait-elle tout cet argent pour entretenir la maison et payer son... ses alcools?

Me Formby toussota, l'air de plus en plus embarrassé.

– Je sais qu'elle recevait une petite pension de la succession, pour payer l'essentiel, mais avec cela vous auriez à peine pu vivre. Elle recevait peut-être de l'argent de ses... euh... amis?

– Vous voulez dire qu'elle se faisait payer par ses innombrables amants? Oh, ne soyez pas choqué, maître. J'ai vingt-deux ans et je vieillis à vue d'œil. Je connaissais Lucy, allez! J'ai vu tous ces hommes qui la ramenaient à la maison en pleine nuit après la fermeture des bars.

Jill s'interrompit : elle commençait à s'apitoyer sur son sort et elle craignait plus que tout la compassion du vieil avoué. Ce qu'elle voulait, c'était ce qui lui manquait depuis la mort de sa mère, dix ans plus tôt : la sécurité. Et voici que sa belle-mère, qui lui avait offert bien plus de tourment que de sécurité, ne lui laissait, pour tout héritage, que des dettes.

Me Formby ôta ses lunettes et passa une main lasse sur son crâne dégarni.

– Avez-vous envisagé votre avenir, ma petite fille? Je sais que les soins que vous avez prodigués à Lucy, l'entretien de la maison... vous ont empêchée de poursuivre vos études. Qu'allez-vous faire maintenant?

– Je n'y ai pas encore beaucoup pensé, avec l'enterrement et tout. Je... je suppose que je vais être obligée d'abandonner la maison?

Il hocha tristement la tête. Elle se leva, se redressa à nouveau et lui tendit la main. Il la prit et la garda un instant entre les siennes.

– Je vous en prie, si je puis vous aider en quoi que ce soit, n'hésitez pas à faire appel à moi.

Jill sourit, se détourna vite pour dissimuler son émotion devant tant de sollicitude, et sortit.

En cette fin novembre, de gros nuages noirs et une bise aigre annonçaient l'hiver. Jill marcha d'un bon pas jusqu'à la grande maison à un étage où elle entra par la porte de service, à côté du garage. Le temps était assorti à son humeur mélancolique et elle soupira en s'arrêtant un instant dans la cuisine.

C'était l'heure du dîner mais elle n'avait aucun appétit. Au lieu de se préparer un repas, elle erra d'une pièce à l'autre, en caressant les meubles qui avaient appartenu à ses parents. Elle hésita à la porte de la chambre de sa belle-mère puis, s'armant de courage pour la tâche déplaisante qui l'attendait, elle pénétra dans la pièce. Lucy avait gardé tous ses biens personnels dans cette chambre et Jill dut se forcer pour s'approcher de la commode, répugnant à fouiller dans les affaires de la morte.

Les deux premiers tiroirs contenaient de la lingerie et les deux autres toute une collection de luxueux chandails de cachemire et de mohair.

Perplexe, Jill refermait lentement le dernier tiroir, lorsqu'elle remarqua qu'il fermait mal. Elle l'ouvrit à nouveau, s'assura qu'il était bien droit et le repoussa sans que les choses s'améliorent. Finalement, elle le retira complètement, le posa sur le tapis et se pencha pour regarder dans le fond de la commode. Elle distingua vaguement une enveloppe froissée et, comme elle allongeait le bras et la saisissait, la bande adhésive qui la maintenait collée au bois se déchira, entraînant le coin portant l'oblitération et la date.

Jill ne put résister à la curiosité devant ce que Lucy avait éprouvé le besoin de si bien cacher. Elle sortit de l'enveloppe une lettre aux pliures fragiles, comme si elle avait été souvent relue, et regarda tout de suite la signature de l'expéditeur de cette mystérieuse missive. La stupeur la fit tomber assise sur le tapis, à côté du tiroir.

Ce nom lui rappela un souvenir amer qui la transporta dix ans en arrière. A un moment tragique pour la petite fille de douze ans qu'elle était alors, avec ses longues nattes brunes, ses yeux couleur de bleuet et ses fossettes. Une petite fille perdue à qui une seule personne avait souri, voyant qu'elle était accablée par le plus grand des chagrins.

Sa mère bien-aimée était morte subitement dans la nuit, d'une crise cardiaque. Jill se souvenait qu'elle était sortie dans le couloir en robe de chambre et en pantoufles, réveillée par des bruits étranges et des voix inconnues. Elle avait trouvé le palier envahi par des hommes en blanc et elle avait vu son père sangloter sur une forme inerte allongée sur une civière roulante. Sur le moment, elle n'avait pas compris ce qui venait d'arriver. Et, au matin, elle avait appris que sa mère n'était plus.

Ces souvenirs étaient encore si douloureux que Jill éclata en sanglots, sans essayer de refouler ses larmes cette fois, et cela lui fit du bien.

Quand elle eut enfin pleuré tout son soûl, elle contempla la grande écriture de la lettre posée sur ses genoux. C'était celle de la seule personne qui avait trouvé le temps de consoler une petite fille effrayée, dans le chaos qui avait suivi la mort de sa mère. Jill regarda la signature, aux *t* fortement barrés, et un petit sourire creusa une fossette dans sa joue mouillée. Matthew Lane était l'unique parent de sa mère, un oncle venu de Floride, où il habitait, pour assister aux obsèques dans le Kansas.

Jill avait appris son existence ce jour-là, et elle n'avait plus jamais eu de ses nouvelles depuis.

Elle se rappelait comment, dans le tohu-bohu de voisins et d'amis qui passaient alors pour présenter leurs condoléances, l'oncle Matt, comme il voulait être appelé, l'avait cajolée, promenée dans des rues calmes et ombragées, et lui avait appris à jouer aux échecs sur l'échiquier ancien qui était l'orgueil de son père. Elle se rappelait aussi le petit surnom qu'il lui avait donné : Jilly-Dilly.

Après l'enterrement, Matthew Lane avait quitté la vie de Jill, et Lucy Deprey y était entrée. Six mois plus tard, cette dernière était la nouvelle Mme Walter Taggert.

Jill fit une petite grimace et claqua résolument la porte sur ces souvenirs. Elle se mit à lire ces pages signées par l'oncle Matt. Dès les premiers mots, elle fut atterrée.

La lettre datait de trois mois après la mort de son père, il y avait cinq ans. Lucy avait eu l'audace de réclamer à Matthew Lane une somme énorme! Apparemment, cette demande avait été faite en réponse à une première lettre de Matt offrant de l'argent pour rembourser les dettes de Walter Taggert. Dans celle-ci, il promettait un chèque de 10000 dollars, et Jill savait maintenant que cet argent n'avait jamais servi à payer la moindre dette. Il était évident qu'il avait permis d'acheter tous ces vêtements élégants, ces bons repas et tout cet alcool que Lucy avait absorbé en cinq ans. Il avait aussi servi à satisfaire les caprices de sa belle-mère.

Jill eut une exclamation de dégoût. Elle se releva et, tout en étirant ses jambes ankylosées, elle relut la dernière phrase de Matt : « Si jamais je peux faire autre chose pour vous, n'hésitez pas à me le demander. »

Elle redressa la tête, les yeux dans le vague. Serait-ce la solution pour elle ? Et si c'était le destin qui lui avait fait ouvrir ce tiroir et découvrir cette vieille lettre ?

Impressionnée par cette idée, Jill descendit à la cuisine pour faire du café. Pouvait-elle prendre contact avec l'oncle Matt, après si longtemps ? Il était déjà vieux, alors. Il devait avoir plus de soixante-dix ans, aujourd'hui. Et l'adresse sur l'enveloppe ? Vivait-il toujours au même endroit ? Se souviendrait-il d'elle ? Dix ans, c'est tellement long !

Elle porta la tasse de café dans la bibliothèque, prit une feuille du papier à lettres rose pâle de Lucy et se mit à écrire.

2

Le Boeing 707 roula sur la piste et s'arrêta. Les passagers se levèrent et prirent leurs bagages à main et leurs manteaux dans les porte-bagages. Réprimant une certaine excitation, Jill rassembla calmement son sac et son imperméable léger. Puis, à la suite des autres passagers, elle entra dans une aérogare relativement petite, et parcourut des yeux la foule venue accueillir les voyageurs.

Son oncle lui avait écrit qu'il enverrait sa secrétaire à la descente d'avion, en s'excusant de ne pouvoir venir lui-même. Jill cherchait donc la femme, probablement d'âge mûr, qui ressemblerait à la secrétaire en question. Elle était tellement persuadée que ce serait une femme qui l'attendrait, que lorsqu'un homme s'avança et l'appela par son nom, elle le regarda bouche bée, d'un air ahuri.

Il mesurait au moins un mètre quatre-vingt-cinq, quinze bons centimètres de plus que Jill. Il avait de larges épaules moulées dans une chemise Lacoste, des hanches étroites, des cuisses musclées, et son attitude, tandis qu'il examinait Jill, était nettement agressive. Sa figure semblait taillée dans la pierre, avec de hautes pommettes et une bouche bien ciselée, à la lèvre inférieure sensuelle. Les yeux gris, au-dessus du nez droit, avaient des reflets d'acier et la toisaient comme si elle était un objet qu'il convenait d'évaluer.

– Mademoiselle Taggert? répéta-t-il.

Jill hocha la tête et il tendit une main qu'elle prit machinalement.

– Je suis Gordon Darrel, le bras droit de M. Lane, poursuivit-il. Je viens vous chercher pour vous conduire chez lui.

– Enchantée de vous connaître. Mais je croyais...

– Oui. Mme Flemming devait venir mais M. Lane a jugé préférable que ce soit moi.

Il y avait dans la voix de ce Gordon Darrel une nuance de sarcasme qui dérouta Jill.

– Je... je ne sais pas...

– Non, c'est évident, l'interrompit grossièrement Darrel d'un ton carrément hostile.

Il estimait manifestement qu'il avait mieux à faire ailleurs. Jill s'efforça de garder son calme lorsque, lui ayant fait signe de le suivre, il la précéda vers le tapis roulant des bagages. Elle eut vite reconnu ses deux valises neuves, achetées un peu comme un geste symbolique avant ce voyage en Floride. Il les prit et ils sortirent.

Bien qu'on fût au début de janvier, le temps était ensoleillé, la température douce et le ciel très bleu. Ravie de cette atmosphère printanière, Jill suivit Gordon Darrel dans le parking vers une rutilante Mercedes d'un modèle récent. Etait-ce la voiture de son oncle ou celle de Gordon? De toute façon, c'était là un signe de grosse fortune...

Gordon surprit le regard admiratif de Jill pour la voiture et son visage s'assombrit. Ayant jeté les deux valises dans le coffre comme des sacs de pommes de terre, il le referma bruyamment.

– Si cela ne vous fait rien, je préférerais que vous

traitiez mes bagages avec un peu plus de douceur, dit-elle froidement.

– Certainement, mademoiselle Taggert!

Il lui jeta un coup d'œil glacial avant de lui tourner le dos, et quelque chose se crispa en Jill. L'attitude odieuse de cet homme était incompréhensible. Qu'avait-elle bien pu faire pour inspirer une telle hostilité?

Il lui ouvrit la portière de droite et elle monta en voiture, sursautant quand il la referma avec une violence franchement inexplicable. Estimant qu'il était allé assez loin comme ça, elle l'affronta dès qu'il fut au volant.

– Dites-moi, monsieur Darrel, quel est votre problème? Qu'est-ce que je vous ai fait?

Les yeux bleus de Jill s'assombrirent, ce qui annonçait l'orage, pour ceux qui la connaissaient. Gordon Darrel se tourna vers elle et l'examina à nouveau avec une lenteur exaspérante.

– Vous venez ici en vous faisant passer pour la petite-nièce de Matthew Lane, déclara-t-il d'un ton insultant, alors que tout le monde sait que la fille de Walter Taggert est morte il y a cinq ans. Vous avez peut-être été capable d'abuser le vieux monsieur avec votre petite lettre pitoyable, mais pas moi! Vous n'êtes qu'une menteuse, un imposteur et un escroc en jupons! Et si vous vous figurez que vous pourrez profiter du bon cœur de l'« oncle Matt » pour lui soutirer de l'argent, j'aime autant vous dire tout de suite que je ne vous permettrai pas de ruiner un vieil homme trop bon.

Jill le regarda avec stupeur, le souffle coupé. Ce qu'elle venait d'entendre était incroyable. Une exclamation étouffée lui échappa, avant qu'elle trouve une réponse.

– Qu'est-ce que ça signifie... la fille de Walter Taggert est morte? demanda-t-elle enfin.

– Elle est morte dans le même accident d'auto que son père!

– Je puis vous assurer que je suis parfaitement en vie! répliqua-t-elle, glaciale. Quant à profiter du bon cœur d'un vieux monsieur, nous verrons bien si mon oncle Matt me reconnaît ou non. Cela vous convient-il?

Ses yeux lançaient des éclairs et elle relevait le menton d'un air de défi.

– Non, cela ne me convient pas, répliqua-t-il entre ses dents. Il faudra bien que je m'en contente. Mais laissez-moi vous avertir, Jill Taggert ou qui que vous soyez, que vous feriez bien d'être celle que vous prétendez, sinon vous regretterez le jour de votre arrivée!

Une lueur cruelle brilla dans les yeux d'acier de Gordon Darrel et Jill ne douta pas un instant qu'il fût capable de mettre ses menaces à exécution, quelles qu'elles fussent. Elle se carra sur le siège, et regarda droit devant elle, respirant péniblement après cette bataille verbale. La dernière chose à laquelle elle s'était attendue, c'était un accueil de ce genre, et elle se promit de dire à son oncle ce qu'elle pensait de son bras droit!

Le trajet se fit en silence. Finalement, Gordon tourna dans une longue allée bordée d'orangers, et Jill aperçut l'Océan tout au bout, avec les crêtes blanches des vagues qui venaient se briser sur le sable. La Mercedes s'arrêta devant une grande maison à un étage.

Comme elle descendait de voiture, la porte fut ouverte par un grand homme corpulent aux cheveux blancs qui avait descendu les marches du perron avec une vigueur de jeune homme.

– Jill! Enfin! s'exclama-t-il en atteignant la dernière marche, à l'instant où elle le reconnaissait.

L'oncle Matt n'avait rien d'un vieillard qui aurait eu besoin de la protection d'un Gordon Darrel! Il paraissait, au contraire, tout à fait capable de se défendre tout seul. Jill le trouvait même à peine changé, après dix ans. Elle en fut si réconfortée qu'elle se jeta dans les bras qu'il lui tendait avec une ferveur sincère.

– Oncle Matt! s'écria-t-elle. Il y a dix ans que vous m'avez appris les échecs dans la véranda, chez nous, et il me semble que c'était hier!

– Est-ce que tu joues un peu mieux? demanda-t-il avec un grand sourire.

– Vous allez voir si je ne suis pas capable de vous battre, maintenant! J'ai eu tout le temps de m'entraîner, le taquina-t-elle tandis qu'il riait de bon cœur, en la tenant à bout de bras pour l'admirer.

– Laisse-moi un peu te regarder, ma petite fille.

Son examen fut tout aussi approfondi que celui de Gordon, mais beaucoup moins gênant. Les yeux pétillants, il rit encore.

– Ma foi, tu n'as pas beaucoup grandi mais tu as rudement bien distribué ce que tu avais!

Cette réflexion, faite devant le sardonique Gordon, fit monter du rose aux joues de Jill. A ce moment, un vieil homme sortit de la maison blanche et Matt se tourna vers lui.

– John, portez les bagages de Mlle Taggert dans la chambre mauve, s'il vous plaît.

John soulagea Gordon des valises qu'il venait de retirer de la Mercedes et remonta lentement l'escalier, en marmonnant tout bas. Jill le suivit des yeux avec étonnement.

– Il est toujours aussi irritable?

– Toujours! avoua en riant Matthew Lane. Mais

c'est un vieil ami, plus qu'un domestique. Nous sommes ensemble depuis quarante ans! Viens, ma petite fille. Allons boire un verre pour fêter nos retrouvailles. Gordon, dès que tu auras garé la voiture, rejoins-nous pour le champagne!

Gordon fronça les sourcils.

– Du champagne, Matt?

– Certainement, mon garçon. Nous avons un événement à célébrer! Le retour de ma petite-nièce de la tombe!

Cette déclaration cloua Jill sur place. C'était la seconde fois en moins d'une heure qu'on faisait allusion à sa mort. Elle jugea le moment venu d'éclaircir les choses et, se dégageant de l'étreinte de son oncle, elle lui fit face et demanda :

– Oncle Matt, pourquoi m'avez-vous crue morte, M. Darrel et vous?

Elle dit cela lentement, avec un curieux malaise, et elle fut prise d'un sombre pressentiment en voyant Gordon Darrel et Matthew Lane échanger un regard. Puis son oncle se tourna vers elle et lui posa les mains sur les épaules.

– Ma chérie, il faut que je te pose une question. D'accord?

Il parlait affectueusement mais le feu qui brûlait au fond de ses yeux bleus décontenança Jill.

– Oui, bien sûr, oncle Matt.

– Comment est-ce que je t'appelais, quand je suis venu pour l'enterrement de ta maman?

– Eh bien... vous vous souvenez, oncle Matt.

Elle regarda nerveusement Gordon, à la figure sombre et impénétrable. Pour une raison qu'elle s'expliquait mal, il lui répugnait de prononcer ce surnom devant lui, et pourtant, elle devait bien répondre à son oncle.

– Jilly-Dilly, oncle Matt, murmura-t-elle dans un

souffle, en espérant que Gordon ne l'entendrait pas.

Ce fut un souhait inutile car Matt Lane le répéta à tue-tête, en la saisissant par la taille pour la faire valser.

– Jilly-Dilly! C'est ça! Jilly-Dilly! Tu vois, Gordon? Je t'avais bien dit que Lucy était capable de mentir! Et dès que cette jeune personne est descendue de voiture, j'ai su tout de suite qu'elle était Jill! Elle a les mêmes yeux bleus que sa mère, et les cheveux noirs de son père. Et je n'ai jamais pu oublier ces fossettes!

Il tendit la main pour caresser la joue de Jill, mais elle eut un mouvement de recul en pensant à ce qu'il venait de dire et qu'elle tenait à éclaircir.

– Oncle Matt, pourquoi dites-vous que Lucy était capable de mentir?

La figure de Matthew Lane s'allongea.

– Je n'aime pas dire du mal des morts, mais Lucy était une menteuse, entre autres. Elle a prétendu que tu étais morte en même temps que ton père. Elle m'a écrit que tu étais dans la voiture avec lui, me disant qu'elle se retrouvait sans argent après vous avoir enterrés tous les deux. J'ai alors offert de l'aider.

Jill hocha la tête, se souvenant de la lettre.

– Et elle a eu l'audace de réclamer dix mille dollars... murmura-t-elle.

– Oui. Comment le sais-tu?

Jill raconta sa découverte de la lettre, et comment elle avait fait appel à son courage pour écrire à son oncle, sans savoir s'il se souviendrait d'elle ni même s'il vivait encore à cette adresse. Elle n'avait pas expliqué tout cela dans sa lettre, se contentant d'annoncer la mort de sa belle-mère, la vente de la maison et de tous les meubles, et d'avouer que sa propre situation était terriblement difficile.

Son oncle lui avait répondu par retour du courrier pour l'inviter à venir chez lui, à côté de Daytona Beach. Il avait joint à sa réponse un chèque généreux pour payer l'avion et les autres frais, mais elle le lui avait renvoyé puisqu'elle pouvait assumer cela elle-même. Sa belle-mère avait déjà – et sans scrupules – soutiré assez d'argent à Matt Lane.

Et voici que moins de deux heures après son arrivée, elle découvrait de nouvelles pièces de cet abominable puzzle que Lucy lui avait laissé en honteux héritage! Matt dut sentir son chagrin car il la serra affectueusement contre lui.

– Je sais maintenant que tu es ma petite Jilly-Dilly. Viens, allons t'installer et boire ce champagne. Gordon, rejoins-nous dans la bibliothèque.

Il conduisit Jill à l'intérieur, la tenant toujours par la taille.

La maison était vaste et décorée avec goût. A droite, dans l'entrée, un grand escalier s'élevait en une courbe gracieuse.

John apparut sur le palier et se mit à descendre lourdement.

– Les affaires de la demoiselle sont dans la chambre mauve.

– Merci, John. Voulez-vous aller chercher une bouteille de champagne à la cave? Le meilleur que nous ayons!

– Du champagne, monsieur?

– Parfaitement, John. Apportez-le dans la bibliothèque, s'il vous plaît.

Et, les yeux pétillants de joie, Matt entraîna Jill dans l'escalier.

3

La chambre mauve, malgré son nom, était surtout blanche, avec quelques touches de lilas. C'était une pièce très féminine, avec des meubles en rotin peints en blanc et un grand tapis blanc ovale sur le parquet ciré. Le lit et les deux fenêtres étaient drapés d'étoffe blanche imprimée de bouquets de lilas. Des coussins verts, disposés sur le lit et sur la chaise longue proche, rappelaient les feuilles des bouquets. Tout cela était l'œuvre d'un décorateur de talent et, en entrant, Jill poussa une exclamation de surprise émerveillée.

– Comme c'est joli, oncle Matt! C'est la chambre de qui?

– La tienne, ma chérie.

– Oui, je sais. Mais en temps normal, qui loge ici? Je ne voudrais pas en chasser quelqu'un.

– Elle ne te plaît pas, ma petite fille? demanda-t-il, soudain inquiet.

– Oh, si! Je l'adore! Le mauve est ma couleur préférée, et le lilas, ma fleur favorite. Ah...

Elle s'interrompit en surprenant la lueur satisfaite qui brillait dans l'œil de son oncle, et elle se retourna pour mieux contempler la chambre.

– Ah, oncle Matt, c'est pour moi? Mais comment avez-vous...?

– Ne va pas t'imaginer que parce que je suis vieux

et que dix ans ont passé, je ne me souviens pas des goûts de la petite Jilly-Dilly! Tu te rappelles nos promenades, quand je te laissais toujours cueillir une seule branche de lilas, du jardin de cette Mme... Comment s'appelait-elle?

– Carstairs.

– Oui, Carstairs. Elle avait un lilas qui se penchait sur la rue et je te laissais en cueillir une petite branche chaque fois que nous passions devant.

– Ah, oncle Matt! dit-elle d'une voix étranglée par l'émotion.

– Eh bien, Jill? Des larmes? Allons, allons! Viens là...

Il la serra tendrement dans ses bras tandis qu'elle sanglotait contre son torse puissant. Quand elle se ressaisit enfin, il la lâcha.

– Descends nous rejoindre quand tu auras fait un brin de toilette, dit-il d'une voix bourrue. Cette porte donne dans la salle de bains commune avec la chambre d'à côté qui n'est pas occupée.

Clignant de l'œil, il descendit, la laissant admirer les lieux. Elle était encore stupéfaite qu'il ait fait décorer ainsi cette pièce pour elle, parce qu'il se souvenait qu'elle aimait le lilas. C'était incroyable! Jill poussa un soupir d'aise. Personne n'avait eu un tel souci d'elle depuis la mort de sa mère, et elle s'apercevait tout à coup qu'elle avait été cruellement privée de tendresse.

Après avoir défait ses valises et pris une douche dans la salle de bains, décorée du même vert que les coussins, elle s'enveloppa d'une grande serviette éponge verte. Elle se demandait ce qu'elle allait mettre pour dîner avec son oncle, quand on frappa à sa porte. Pensant que c'était lui qui venait la chercher, elle alla ouvrir pieds nus, ses longues jambes presque entièrement visibles.

– J'ai peur de m'être trop attardée dans cette magnifique salle de bains, oncle...

Mais ce n'était pas le regard bleu de son oncle qui détaillait avec une expression sarcastique son corps à moitié nu.

– Et moi, j'ai peur que votre oncle, dit Gordon Darrel en insistant un peu sur ce mot comme pour montrer qu'il n'était pas convaincu, se soit trop fatigué à vous accueillir. Je lui ai interdit de remonter et je suis venu vous chercher moi-même. Nous vous attendons dans la bibliothèque, à gauche au pied de l'escalier.

– Mon oncle est fatigué? Il m'a l'air en parfaite santé, malgré son âge!

Elle se demandait si l'explication de Gordon n'avait pas été calculée exprès pour qu'elle se sente étrangère à la maisonnée.

– Les apparences sont trompeuses, comme vous le savez certainement, mademoiselle Taggert, répondit-il, sournois. Votre oncle a eu une crise cardiaque très sérieuse, il y a quelques années, et depuis il se fatigue vite.

– Il y a combien de temps, au juste?

– Cinq ans, pour être précis. C'est ce qui l'a empêché d'assister à l'enterrement de votre... père. Il était hospitalisé, à ce moment-là.

Cette révélation fut faite sur un ton froid, comme s'il était sûr que tout cela ne l'intéressait pas le moins du monde.

Mais il se trompait. Le chagrin à retardement qu'elle éprouvait pour son oncle Matt était bien réel, et elle pâlit. Puis, une autre preuve de la perfidie de Lucy s'imposa à elle. Elle avait profité de la grave maladie de Matthew Lane et de sa faiblesse pour lui soutirer de l'argent. Elle avait été une femme sans cœur, un vrai bandit en jupons. A cette pensée, Jill eut comme un choc et vacilla.

– Mademoiselle Taggert? Vous vous sentez bien?

La voix de Gordon paraissait lointaine.

– Oui, répondit-elle faiblement.

Il tendit la main comme pour la retenir mais elle s'était déjà ressaisie, alors qu'un instant plus tôt un trouble étrange lui avait fait confusément souhaiter être enveloppée par ces bras puissants et protecteurs. La pensée fugace lui était venue qu'il serait bon d'être serrée contre ce large torse musclé. Ahurie de sa propre faiblesse, elle chassa promptement cette idée stupide. Pourquoi diable vouloir des bras d'un individu aussi caustique et dur que ce Gordon Darrel? Il ne lui plaisait d'ailleurs pas du tout. Brusquement, elle se détourna.

– Je descends le plus vite possible, promit-elle.

– Bien, dit-il simplement.

Jill referma la porte, en réfléchissant à sa curieuse réaction. Finalement, lorsqu'elle fut habillée et maquillée, elle se persuada qu'elle était tellement affamée de sécurité qu'elle était prête à l'accepter de n'importe qui.

Un peu réconfortée par cette explication, elle sortit sur le palier, après un dernier coup d'œil à la glace de la coiffeuse. Pour sa première soirée avec son oncle, dans sa belle maison, elle avait choisi une robe d'été à fines épaulettes nouées sur les épaules, retenant un bustier dont les plis s'évasaient pour former la jupe ample. C'était une robe blanche, bordée d'un galon rouge et avec de petites fleurs rouges brodées tout le long de l'ourlet. Des sandales blanches à semelles de liège complétaient sa toilette.

Les sandales compensées avaient une fine

semelle de crêpe qui étouffa complètement le bruit de ses pas sur le tapis de l'escalier. Les deux hommes, dans la bibliothèque, ne l'avaient sûrement pas entendue pour parler d'elle à aussi haute voix. Elle resta immobile sur la dernière marche en entendant Gordon Darrel déclarer :

– Je me moque de vos intuitions, Matt. Vous avez toujours été faible avec les femmes. Je persiste à penser que c'est une imposture. Maintenant qu'elle est ici, qu'est-ce que nous avons à perdre en faisant une enquête, comme je le voulais dès le commencement ?

Elle entendit son oncle répondre lentement, comme s'il était las de cette discussion.

– Ecoute, Gordon, tu sais ce que je pense de ça. Entre Lucy et la petite Jill, je n'hésite pas une seconde : je crois Jill !

– A condition que cette grande Jill soit bien la petite Jill. Oh ! d'accord, elle a des yeux bleus et des cheveux noirs... mais elle n'est pas la seule !

– Peut-être, mais elle est la seule à avoir des yeux de ce bleu-là. Celui des bleuets, un beau jour d'été...

– Ah, vous sombrez encore dans le lyrisme ! cria Gordon avec irritation. Et vous vous laissez aveugler par sa beauté au point de refuser de croire à une imposture possible ! C'est tellement facile, vous savez !

Jill entendit tinter des glaçons dans un verre et son oncle protesta :

– Mais qu'est-ce que tu as, ce soir, Gordon ? Je ne t'ai jamais vu boire autant ! Tu ne pourras pas apprécier le bon dîner de Consuelo !

– Je me fiche du dîner ! cria Gordon. Je m'intéresse à vous, Matt, et je ne veux pas que vous soyez encore une fois victime d'un abus de confiance! Laissez-moi faire une enquête...

– Non!

– Au moins, laissez-moi me renseigner, pour savoir si la mort de Jill a été annoncée dans le journal local, il y a cinq ans!

– Ah, Gordon, vraiment...

La voix de Matt Lane commençait à faiblir. Jill descendit la dernière marche et, tournant à gauche, entra dans la bibliothèque où les deux hommes se faisaient face, dans le fond, devant un bar. Gordon serrait un verre à cocktail dans sa main comme s'il avait envie de le briser.

– Pourquoi ne le laissez-vous pas faire, oncle Matt? dit-elle. Et pendant que vous y êtes, monsieur Darrel, pourquoi ne pas vérifier aussi la mort de Lucy? Elle était annoncée dans le journal de Topeka du 25 novembre.

Et, le défiant du regard, elle alla se placer à côté de son oncle qui paraissait navré.

– Ah! ma chérie, tu n'aurais pas dû entendre tout ça...

– Si, oncle Matt, au contraire. C'est très bien. M. Darrel m'a d'ailleurs accusée d'imposture dès l'aéroport.

Gordon fronçait les sourcils et ses yeux lançaient des éclairs qui n'intimidaient pas Jill.

– Il est bien facile, en effet, de prouver une imposture, monsieur Darrel, poursuivit-elle avec assurance. Je vous conseille vivement de procéder à votre enquête. J'aimerais que cette affaire soit éclaircie. Je le souhaite même encore plus que vous, certainement.

Gordon se tourna vers Matthew.

– Eh bien?

– Oh, bon, bon. Ça va. Mais pourquoi les gens ne

peuvent-ils avoir simplement confiance? grommela oncle Matt.

– Vous avez eu confiance en Lucy il y a cinq ans et voyez ce que ça vous a rapporté!

– Oui, bien sûr. Et quand je pense que j'ai pleuré la disparition de ma petite Jilly-Dilly!

La tendresse et l'émotion nouèrent la gorge de Jill mais elle s'exprima avec plus d'éloquence que par la parole en se jetant au cou de son oncle pour embrasser sa joue pâle. Elle voyait maintenant les signes de fatigue qu'elle n'avait pas remarqués au début. De fines rides striaient son front, irradiaient du coin des yeux, et la bouche était un peu tombante.

– Venez vous asseoir avec moi sur le canapé, oncle Matt.

Il la suivit de bon cœur, et soupira de contentement en s'asseyant près d'elle.

– Voulez-vous boire quelque chose, mademoiselle Taggert? demanda Gordon d'une voix morne.

– Oui, un gin-tonic, s'il vous plaît, répondit-elle sur le même ton impersonnel.

– Ah ça, c'est une bonne boisson fraîche, par ce temps. Fais-en deux, Gordon. Et le champagne?

– Oncle Matt, je vous en prie, attendons le résultat de l'enquête de M. Darrel, et alors nous aurons vraiment quelque chose à fêter sans arrière-pensée.

Jill paraissait si certaine du résultat que son oncle sourit.

– Excellente idée, Jill. Qu'en penses-tu, Gordon?

Les yeux de Jill croisèrent le regard calculateur de Gordon. Lui aussi était certain de sa victoire.

– Je suis d'accord, Matt, dit-il, sûr de lui. Il faut absolument attendre.

Mais seule Jill eut conscience du sous-entendu.

Elle le regarda entre ses cils quand il lui apporta le verre. Il s'était changé et portait un costume de toile gris clair, avec une chemise à fines rayures grises et bleues. Il n'avait pas de cravate, et les deux premiers boutons de sa chemise étaient défaits. On distinguait quelques poils noirs au bas de l'échancrure et, les remarquant, Jill en fut troublée. Elle prit le verre d'une main légèrement tremblante et baissa vivement les yeux.

John arriva à ce moment et la sauva d'un embarras croissant en annonçant le dîner de sa voix maussade.

Comme ils passaient dans le vestibule, Matthew Lane dit aimablement à Jill :

– Fais-moi penser à te faire visiter la maison, après le dîner.

– Oh! oncle Matt, ça me fera tellement plaisir!

Il lui prit le bras et la conduisit dans la salle à manger.

C'était une pièce joliment décorée, au plafond très haut. L'oncle Matt installa Jill d'un côté de la table d'acajou massif, et Gordon et lui se placèrent aux deux extrémités. Dès qu'ils furent installés, Consuelo, la cuisinière portoricaine, entra, suivie de John, s'apprêtant à leur servir un succulent dîner. Elle disparut après avoir été présentée à Jill.

Ils commencèrent par des filets de sole dans un coulis de langoustine. Le maître de maison se chargea de la conversation. Gordon mangeait en silence, sans cesser d'observer Jill qui sentait peser sur elle ce sombre regard avec un certain malaise. Luttant contre le trouble qui la gagnait, elle fit son possible pour répondre aux questions de Matt sur sa vie commune avec Lucy et les raisons de la mort de sa belle-mère.

Après le dîner, ils visitèrent la maison. Celle-ci

avait été construite dans les années 30, quand Matt était arrivé du Nord-Est; il avait voulu une demeure qui lui rappellât son ancienne maison de Nouvelle-Angleterre. Elle était grande, pour un homme seul, avec, au rez-de-chaussée, la bibliothèque, la salle à manger, un grand salon, une salle de bains, la cuisine et un bureau.

Ce que Jill ne comprenait pas, c'était la place de Gordon dans tout cela. Quand son oncle la mena au premier étage, qui comprenait six chambres et deux salles de bains, elle chercha un moyen de l'interroger à ce sujet, sans en avoir l'air.

John, Matt et elle occupaient trois des chambres; et en ouvrant la porte d'une quatrième, au décor typiquement masculin, Matt annonça :

– Et voilà celle de Gordon.

Cette chambre se trouvait au bout du couloir, en face de celle de Jill. En contemplant le mobilier de chêne naturel, le brun et le gris mêlés du bois, des étoffes et des tapis, Jill ne put retenir plus longtemps sa curiosité.

– Celle de Gordon? Il vit avec vous, oncle Matt? Mais... pourquoi?

Il la contempla avec affection et, une douceur mélancolique au fond des yeux, il murmura :

– Parce qu'il est mon fils.

4

Filtré par les rideaux, le magnifique soleil de Floride éclairait la pièce où Jill dormait sous le couvre-lit blanc tout fleuri de bouquets de lilas imprimés. Il fallut qu'elle se retourne pour qu'un chaud rayon tombant sur ses paupières la réveille. Elle cligna des yeux et, les ayant enfin ouverts, se demanda où elle était. Un instant, elle ne reconnut pas la chambre et elle respira, intriguée, la bonne odeur d'un café qu'elle n'avait pas préparé.

– Bonjour, Jill! dit familièrement Consuelo.

Puis, ayant posé sur la table de chevet un plateau où un appétissant petit déjeuner était disposé, elle ouvrit les rideaux. Jill s'éveilla tout à fait, s'assit dans le lit et admira l'unique rose qui, dans un long vase de cristal, embaumait toute la pièce.

– Oh! Consuelo... vous n'auriez pas dû! protesta-t-elle. Je n'ai pas l'habitude de me faire servir!

– Eh bien, il faudra vous y faire, ma petite fille, répliqua maternellement la brave cuisinière. A ce que dit votre oncle, vous le méritez bien. Lui se lève avec les poules et il a déjà déjeuné. Il vous attend dans son bureau, quand vous serez prête. Ensuite, vous pourrez aller voir l'école de plongée.

Sur ces mots, Consuelo sortit, vive comme la foudre. Jill lui envia cette énergie matinale, mais un moment seulement. Confortablement installée contre les oreillers, elle savoura la première gorgée d'un délicieux café. Soulevant un couvercle d'argent, elle découvrit des œufs au bacon accompagnés de petites pommes de terre sautées. Il y avait aussi des toasts et toutes sortes de confitures. Jill contempla tout cela avec regret, elle qui, le matin, ne pouvait avaler que du café.

Se souvenant brusquement qu'elle devait visiter l'école de plongée sous-marine de l'oncle Matt, elle sauta du lit. Et tout en choisissant dans sa garde-robe une tenue adéquate, elle songea à la conversation qu'elle avait eue avec son oncle après la surprenante révélation de la veille au soir. Elle avait eu une réaction qui l'avait étonnée elle-même, lorsqu'elle avait appris que Gordon était le fils de Matt. Son cœur s'était subitement arrêté de battre d'une manière tout à fait inexplicable et, prise d'une sorte d'angoisse, elle avait demandé pourquoi le père et le fils ne portaient pas le même nom. Sur le moment, elle n'avait pas cherché à comprendre pourquoi l'idée de sa parenté avec Gordon la troublait à ce point. Il est vrai que son anxiété avait été vite apaisée.

– Je devrais plutôt dire, avait précisé Matt, que Gordon est comme un fils pour moi.

Et il lui avait expliqué que sa sœur Joan, ayant épousé Jim Darrel, avait attendu en vain la venue d'un enfant. Finalement, avant que Jim ne parte se battre, à la fin de la guerre de Corée, ils avaient décidé d'en adopter un; ainsi le petit Gordon, âgé d'un an, était-il entré dans leur vie. Il avait deux ans quand son nouveau père était parti pour l'Asie sans devoir en revenir jamais.

Restée veuve, Joan était venue vivre avec son frère dans la grande maison, jusqu'au jour où une grave pneumonie l'avait emportée. Gordon n'avait alors que sept ans. Matt, qui ne s'était jamais marié, était devenu à la fois son père et sa mère, et l'avait élevé avec amour. Aujourd'hui, Gordon dirigeait l'école de plongée où il était aussi moniteur.

Debout devant la penderie, Jill hésitait. Comme une tenue de sport s'imposait, elle finit par décrocher un très vieux jean délavé qu'elle adorait et un T-shirt bleu pâle à manches courtes avec un décolleté bordé de croquet de même couleur. Elle enfila des mocassins, jeta un cardigan d'un bleu plus vif sur ses épaules et prit le plateau du petit déjeuner, embarrassée de le rendre presque intact à Consuelo. A la cuisine, elle fit mille excuses à la cuisinière qui fronçait les sourcils, vexée. Après lui avoir répété que son art n'était pas en cause mais qu'elle ne prenait que du café, elle alla retrouver son oncle.

Une longue galerie partait de la porte d'entrée et passait devant l'escalier pour aboutir à la cuisine. Le salon, la salle à manger, la bibliothèque et le bureau y donnaient. Ces deux dernières pièces avaient des portes-fenêtres ouvrant sur la véranda qui occupait tout un côté de la maison.

Quand Jill entra dans le bureau, elle trouva la pièce vide mais aperçut son oncle dans la véranda avec Gordon, tous deux confortablement installés dans des fauteuils de rotin aux coussins bariolés. Le plancher de la véranda était recouvert d'une moquette imitant le gazon et, en franchissant la porte-fenêtre, Jill eut une curieuse impression de déjà vu. Le tapis étouffait le bruit de ses pas et elle surprit une réflexion agacée de Gordon, avant que celui-ci ne remarque son arrivée.

– Pourquoi ne demandez-vous pas à Dougherty de lui faire tout visiter? J'ai beaucoup de travail.

Jill ne sut jamais ce que son oncle aurait

répondu, car à ce moment Gordon aperçut sa mince silhouette hésitante sur le seuil.

– Bonjour, mademoiselle Taggert, dit-il poliment mais sans la moindre chaleur.

Matthew Lane se retourna vivement, et le sourire sincère qu'il lui adressa compensa l'accueil glacial de Gordon.

– Ah, Jill! Bonjour, ma chérie. As-tu bien dormi? Viens t'asseoir près de moi. Tu as déjeuné?

Jill lui sourit tendrement, avant de tourner vers Gordon un regard anxieux. Pourquoi fallait-il qu'il soit là pour gâcher sa première matinée? Malgré son agacement, elle répondit d'une voix normale aux questions de son oncle, assise dans le fauteuil le plus proche du sien.

– Oui, j'ai très bien dormi. Mais je n'ai pas déjeuné : je n'ai pas l'habitude de manger le matin et puis, j'étais trop surexcitée à l'idée de voir l'école de plongée pour avoir de l'appétit!

– Impatiente, hein? Bravo! J'étais justement en train de demander à Gordon de te faire tout visiter. Malheureusement, je passe par une de mes petites crises et il pense que je ne dois pas quitter la maison aujourd'hui.

Jill s'alarma aussitôt.

– Une petite crise, oncle Matt? Que voulez-vous dire?

– Eh bien, mon maudit cœur se manifeste de temps en temps. J'ai eu un infarctus, il y a quelques années, et depuis je souffre parfois de palpitations qui inquiètent tout le monde sauf moi!

Il dit tout cela d'un ton insouciant, sous le regard réprobateur de Gordon qui expliqua avec brusquerie :

– Matt souffre d'arythmie. Une irrégularité du pouls. Je prends son pouls et sa tension tous les matins. Aujourd'hui, il a une petite poussée de tension, et l'irrégularité est très nette. Il suit un traitement pour cela, et je veux qu'il se repose.

Il parlait de cette façon odieuse qui donnait à Jill l'impression d'être une intruse indifférente. Elle se dit que son aversion pour cet homme menaçait de l'envahir comme un poison. Elle avait envie de le frapper, de se livrer à un geste violent qui le secouerait, qui l'arracherait à cette attitude de vertueuse satisfaction. Elle s'efforça de se maîtriser et de se calmer, mais ne put s'empêcher de jeter un coup d'œil venimeux à Gordon qui n'en fut visiblement pas le moins du monde perturbé.

– Allons, Gordon, marmonna Matt. A t'entendre, je serais bon pour la maison de repos! Et tu sais que je préfère mourir que d'être infirme et obligé de rester cloué au lit sans rien faire.

– Oncle Matt! s'exclama Jill en se précipitant pour se jeter à genoux à côté de lui et l'enlacer. Ne parlez pas comme ça! Je n'ai pas besoin de visiter l'école aujourd'hui. Nous pouvons attendre que vous alliez mieux.

– Mais non, c'est ridicule! Va vite avec Gordon. Et ne te laisse pas abattre par les petits problèmes idiots d'un vieux monsieur. Je veux que tu visites l'école. Je veux savoir ce que tu en penses. Et maintenant, ouste! insista-t-il d'une voix faussement bourrue.

Un sourire ironique aux lèvres, Gordon se leva, dominant de sa haute taille la silhouette courbée de Jill.

– Mlle Taggert ne veut peut-être pas de moi? Je crois qu'elle apprécie votre compagnie infiniment plus que la mienne, Matt.

Cette réflexion était manifestement destinée à la faire paraître mesquine et puérile et, comme elle avait déjà honte d'avoir laissé entrevoir à ce garçon ce qu'elle pensait de lui, elle n'entendait pas se faire damer le pion encore une fois. Elle se releva et, posant une main sur l'épaule de son oncle, elle regarda Gordon droit dans les yeux, ce qui lui coûta un gros effort.

– Pas du tout, monsieur Darrel. Je serais enchantée que vous me serviez de guide. Je suis sûre que vous le ferez à la perfection.

Les mots étaient assez anodins mais l'expression de Jill révélait qu'elle savait ce qu'il faisait et qu'elle relevait le défi.

– Allons, allons, cessez d'être aussi protocolaires, tous les deux! protesta Matt. Appelez-vous par votre prénom. Ce formalisme est un peu idiot, quand on vit sous le même toit.

Ses yeux bleus inquiets allaient de l'un à l'autre.

– Partons-nous, Jill?

– Oui, Gordon.

Ils avaient tous deux parlé sur un ton guindé, mais Matt Lane hocha la tête avec satisfaction. Pour lui, Jill se força à garder le sourire jusqu'à ce qu'elle ait quitté la véranda. Puis l'irritation pinça ses lèvres dès qu'elle fut en train de suivre Gordon vers le vaste garage, derrière la maison. Comme il marchait bien trop vite pour elle, elle ralentit le pas, exprès. « Qu'il attende! », pensa-t-elle avec colère. Il était évident qu'il ne souhaitait pas sa compagnie et que rien de ce qu'elle pourrait faire n'y changerait quoi que ce soit.

Déjà, Gordon sortait en marche arrière du garage. Jill monta sans un mot dans la Mercedes et, évitant de regarder le visage troublant de Gordon, elle se tourna vers la vitre de sa portière tandis qu'il accélérait dans l'allée, vers la route.

Pendant le trajet, elle tenta de se familiariser avec le paysage de Floride qui défilait à toute allure sous ses yeux, mais c'était presque impossible dans cette voiture lancée comme un train express en retard sur son horaire. A un moment donné, elle observa Gordon du coin de l'œil. Il regardait droit devant lui, comme hypnotisé, les mains crispées sur le volant gainé de cuir.

– Vous êtes obligé de rouler aussi vite?

– Non, répondit-il sèchement en ralentissant un peu.

Jill se tourna à nouveau vers le paysage, regrettant de ne pouvoir décidément pas s'entendre avec lui. Ils approchaient de Daytona, et la plaine marécageuse commençait à faire place à la civilisation. On voyait maintenant de petites maisons à l'aspect parfois négligé mais peintes de couleurs vives. La plupart d'entre elles étaient entourées d'arbustes couverts de fleurs rouges à cinq pointes qui intriguèrent Jill. A contrecœur, elle se tourna vers Gordon.

– Ces buissons à fleurs rouges... On dirait des poinsettias, mais ils sont beaucoup trop grands?

Pour la première fois, elle vit ses traits durs s'adoucir et s'éclairer d'un sourire.

– Ce sont bien des poinsettias, répondit-il. Vous avez l'habitude de les voir tout petits, en pot et d'en offrir pour Noël, n'est-ce pas? Ici, sous notre climat, ils se développent très bien. Vous en verrez même, plantés contre les murs, qui atteignent près de deux mètres.

– Vraiment? s'exclama-t-elle, surprise.

Mais son étonnement venait davantage du changement d'attitude de Gordon que de ces précisions botaniques.

Il la contempla un moment puis, comme s'il se

rappelait brusquement qui elle était, un masque implacable retomba sur son visage, éteignant ce bref instant de chaleur. Jill se retourna tristement vers la portière.

– Nous sommes presque arrivés, annonça-t-il bientôt d'un ton sec.

Elle se redressa quand la voiture tourna sur une route étroite aux bas-côtés sablonneux et qui descendait vers la plage. Un petit écriteau annonçait le magasin Lane : « Tout pour la plongée ». Il était également indiqué, en caractères plus petits, que l'on pouvait s'y inscrire pour des leçons. Jill se faisait un peu l'effet d'une écolière qu'on emmenait en excursion et, à son insu, elle en avait bien l'air, avec ses mains jointes un peu crispées, ses yeux bleus brillant de joie anticipée et la légère rougeur qui colorait ses joues.

Comme Gordon entrait dans le parking, son regard s'attarda sur elle quelques secondes. Puis, d'un mouvement violent, il lança d'un coup de volant la luxueuse voiture dans son emplacement réservé et freina sans ménagement. Jill fut interloquée. Qu'est-ce qu'il avait encore? Elle n'avait pas prononcé un mot... Etait-il irrité par sa seule présence? Dans ce cas, elle se dit qu'il allait être facile de le contenter...

Ils descendirent de voiture et, en le suivant, Jill remarqua sa façon de marcher, de se pavaner plutôt, les épaules carrées, l'air avantageux. Il n'avait sûrement aucun mal à fendre une foule s'il le fallait. Il devait suffire qu'il présente son impressionnante carrure pour que l'on s'écarte au plus vite.

Le magasin était un bâtiment sans étage, en bois naturel et en stuc, avec une seule fenêtre donnant sur le parking. En entrant, Jill vit que le mur du fond était entièrement en verre. Au-delà, l'océan Atlantique roulait ses grandes vagues couronnées d'écume, sous un soleil étincelant. Jill s'arrêta un instant, médusée, puis elle s'approcha lentement de la vitre, ses yeux écarquillés reflétant le bleu du ciel. Elle n'avait jamais vu l'Océan, sauf en peinture ou en photo, et elle était beaucoup plus bouleversée par ce spectacle qu'elle ne s'y était attendue.

– C'est tellement sauvage, souffla-t-elle, se disant aussitôt que cet adjectif n'était pas approprié du tout.

– Il y a un assez gros clapot, aujourd'hui. Nous allons vers un changement de temps, je pense, prédit Gordon, juste derrière elle.

Il était comme un fauve, un grand félin de la jungle capable de surprendre sa proie. Jill fut incapable de répondre, alors qu'elle contemplait l'eau houleuse, éclaboussée de gouttes lumineuses comme des milliards de diamants. Soudain, elle éprouva l'irrésistible envie d'être là-bas, debout dans l'eau jusqu'aux hanches, de se laisser encercler par ce violent ressac.

Comme s'il devinait ses pensées, Gordon demanda :

– Vous voulez descendre là-bas?

– Nous pourrions?

Elle se tourna vers lui, ravie, heureuse qu'il ait suggéré ce qu'elle souhaitait.

– Certainement. Venez.

Il la prit par le bras et l'entraîna vers une porte de verre coulissante, d'un côté de l'immense panneau vitré, puis par une longue galerie de bois qui occupait tout l'arrière du bâtiment.

5

Quelques secondes plus tard, Jill se tenait devant le spectacle le plus majestueux qu'elle ait vu de sa vie. Heureusement qu'elle avait apporté un chandail car le temps, encore doux quelques minutes plus tôt, avait changé. Le vent soufflait et la température baissait rapidement. Il était vrai que les délicieux frissons qui la parcouraient n'étaient pas dus au froid mais à la violence de ses émotions devant cette mer agitée. Ses narines étaient emplies de l'odeur de sel et d'iode, et ses oreilles, du martèlement des vagues correspondant aux battements de son cœur.

Elle écarta tout grand les bras et s'écria, sans se soucier de Gordon :

– J'en suis amoureuse!

Et avant qu'il ne comprenne ce qu'elle faisait, elle jeta ses mocassins et courut dans le ressac en riant, libre comme une enfant soudain lâchée.

– Jill!

Son prénom explosa dans un rugissement, mais elle n'y fit aucune attention et entra dans l'eau jusqu'aux genoux. Ignorant tout de l'Océan, elle ne pouvait savoir que ce flux et ce reflux qui la fascinaient pouvaient être dangereux. Brusquement, la violence du reflux la déséquilibra et la fit tomber. Curieusement, elle ne songea pas un instant qu'elle était trempée de la tête aux pieds. Au lieu de cela, elle tendit les mains, comme pour embrasser l'eau. Mais avant d'avoir touché la crête de la vague suivante du bout des doigts, elle fut soulevée par deux bras de fer et serrée contre le torse de Gordon.

– Petite folle! cria-t-il. J'aurais dû laisser le reflux vous entraîner!

Il pataugea dans le ressac et remonta sur la plage, la mâchoire crispée par la colère, les yeux brûlant comme de l'acier en fusion.

Jill ravala convulsivement un peu d'eau de mer et regarda le visage de Gordon, tout près du sien. Elle vit un nerf battre sur sa joue et comprit, le cœur serré, que son geste impulsif vers l'Océan avait encore agrandi le fossé qui les séparait. Elle allait s'excuser quand Gordon la fit basculer dans ses bras pour la poser fermement sur le sable de la plage.

En voyant avec quelle aisance il l'avait portée et déposée, Jill se dit qu'il serait décidément parfait dans le rôle de Tarzan. Elle l'imagina aussitôt se balançant de liane en liane, transportant sans effort sa chère Jane... et elle éclata de rire.

Gordon s'était baissé. Il avait ôté ses chaussures et ses chaussettes et tordait le bas de son pantalon pour l'essorer. Il releva la tête pour regarder Jill.

– Vous osez rire et vous moquer de moi, alors que je viens de vous sauver la vie? gronda-t-il avec fureur.

– Oh! sauvé ma vie? railla-t-elle, sceptique.

Il se redressa, les poings sur les hanches.

– Parfaitement, mademoiselle Taggert! Ça vous intéressera peut-être d'apprendre que beaucoup de personnes ignorantes des tours de l'Océan – surtout par une journée de gros temps comme aujourd'hui

– sont entraînées au large. Elles sont si étonnées qu'elles réagissent mal. Il y en a même qui ouvrent la bouche et je suis sûr que vous imaginez sans peine ce qui arrive alors? Et je ne parle pas de débutants, mais d'excellents nageurs, qui n'ont encore connu que des piscines ou de paisibles lacs. La première chose que vous devez apprendre sur l'Océan, c'est qu'il faut respecter sa puissance.

Ces reproches déferlèrent sur la tête de Jill comme aurait pu le faire l'Océan sans la prompte intervention de Gordon. Elle répondit humblement :

– Oui, monsieur Darrel, je m'en souviendrai, car je suis justement de ces excellents nageurs dont vous parlez.

Pendant un instant fugace, quelque chose brilla dans les yeux de Gordon puis, brusquement, il se baissa, ramassa ses chaussettes et ses souliers et repartit vers le magasin, en lançant par-dessus son épaule :

– Vous trouverez des serviettes dans le bureau!

Jill le suivit, tête basse. En remontant sur la galerie de bois, elle remarqua un grand enclos, entouré d'une haute palissade de rondins. Un portail ouvert lui permit d'entrevoir une piscine olympique, dont les calmes eaux azurées lui parurent insipides après l'Atlantique tumultueux.

Gordon entra dans le magasin, se dirigea vers une porte vitrée, l'ouvrit et entra sans attendre que Jill le rattrape.

Elle l'entendit parler à quelqu'un mais elle était trop intéressée par l'endroit pour se soucier de ce qu'il disait et à qui. Il y avait ici tous les instruments nécessaires à la plongée sous-marine : masques et palmes, appareils pour respirer sous l'eau, combinaisons de toutes les tailles et de toutes les couleurs... Un long comptoir divisait le magasin en deux et Jill, pieds nus, le longea sans faire de bruit. Elle s'arrêta tout au bout, devant la porte vitrée ouverte sur une pièce où étaient disposés deux bureaux, des chaises et quatre classeurs. Une femme, penchée devant l'un des classeurs, prenait un dossier dans le tiroir du bas, son splendide corps courbé respirant une sorte de volupté particulière.

Gordon prenait des serviettes-éponges dans une petite salle de bains et disait :

– Il faut faire photocopier ce bordereau, Yvonne.

Yvonne – qui devait être la secrétaire, Mme Flemming – acquiesça. Sa voix grave, un peu sourde, et ce que Jill voyait d'elle n'allaient pas du tout avec l'idée qu'elle s'était faite de la secrétaire de son oncle. Yvonne n'était pas une dame d'un certain âge mais une jeune femme qui, lorsqu'elle se redressa, le dos toujours tourné, fit voler en l'air une cascade de cheveux blond platine. Enfin elle se retourna et Jill put voir son visage, d'une grande beauté, et son corps admirable sous tous ses angles. Elle avait, à l'évidence, moins de trente ans.

– Ah! s'exclama la secrétaire. Vous êtes Jill Taggert?

Ses yeux marron détaillèrent Jill des pieds à la tête, et celle-ci se sentit soudain maigre et sans rondeurs.

Comme elle entrait dans le bureau, Gordon répondit à sa place :

– Oui, Yvonne, voici Jill, la nièce prodigue de M. Lane. Jill, je vous présente Mme Flemming, qui maintient l'affaire familiale à flot en faisant marcher ce bureau comme un véritable mouvement d'horlogerie.

Yvonne rougit de plaisir à ce compliment et

tourna vers Gordon des yeux éperdus de gratitude. Jill se demanda si M. Flemming avait droit à de tels regards. Dans l'affirmative, c'était un miracle si Yvonne avait le temps de venir travailler...

– Je dois faire faire une visite guidée à Mlle Taggert. Ça ne sera pas long. Où est Scott? demanda Gordon à la belle secrétaire, tout en lançant une serviette à Jill.

– Il est au fond, là-bas, il range le matériel de la dernière leçon, expliqua Yvonne de sa voix mélodieuse, en se juchant sur le coin d'un des bureaux et en battant des cils.

Jill observa ce flirt flagrant avec dégoût. Si M. Flemming était un jour témoin de ça, cette femme aurait des ennuis! Gordon paraissait sensible à ses charmes car il lui souriait chaleureusement. Puis son regard se tourna vers Jill, et il demanda froidement :

– Vous avez fini?

Elle enfila ses mocassins, après en avoir retiré les derniers grains de sable mouillé, et répondit par un hochement de tête avant d'aller ranger la serviette dans la salle de bains.

– Eh bien, allons-y! dit-il avec un dernier sourire charmeur à Yvonne. Je verrai ces bordereaux à mon retour.

Sentant que le regard calculateur de la secrétaire la suivait, Jill se raidit. C'était vraiment dur d'être placée dans la balance de la beauté et d'y peser moins lourd que d'autres!

Au milieu du magasin, Gordon se tourna vers elle avec un regard ironique.

– Franchement, je ne vois pas ce qu'il y a à expliquer! dit-il avec un large geste du bras. Ceci est un magasin. Là, il y a des bouteilles d'air comprimé. Ici, des combinaisons de plongée, des palmes...

Il continua ainsi en longeant d'abord un mur puis un autre, à longues enjambées que Jill avait du mal à suivre. Elle aurait aimé avoir plus de détails sur les divers instruments, mais l'intention de Gordon était manifestement d'expédier cette corvée le plus vite possible. Il s'arrêta devant la porte des vestiaires – l'écriteau qui y était accroché en témoignait – et jeta un coup d'œil en arrière pour voir si Jill l'avait rattrapé.

– C'est là que les élèves se changent, pour leurs leçons. C'est aussi par là que se trouvent nos réserves de matériel neuf et l'entrepôt du matériel usagé ou de location.

Cherchant quelque chose à dire pour ne pas avoir l'air d'une idiote sourde et muette, Jill demanda :

– Et la piscine que j'ai vue dehors?

– Elle sert pour les leçons de plongée des débutants et pour les jours où l'Océan est trop houleux.

A ce moment, la porte des vestiaires s'ouvrit et un grand jeune homme blond et très bronzé apparut. Il était presque aussi grand que Gordon, aussi large d'épaules, avec le même torse musclé d'athlète. Il était aussi extrêmement beau, presque trop.

– Ah! G.D., salut! Un peu en retard, aujourd'hui, on dirait? dit-il à Gordon en regardant Jill. Cette jeune personne en serait-elle la cause?

Tant d'aisance chaleureuse apaisa un peu les nerfs à vif de Jill mais produisit l'effet exactement opposé sur Gordon.

– C'est la petite-nièce de M. Lane, Jill Taggert, précisa-t-il d'un ton sec. Mademoiselle Taggert... Scott Dougherty, notre illustre moniteur! Si vous avez des questions particulières à poser sur l'école, il pourra peut-être vous répondre.

A ce moment, Yvonne passa sa belle tête à la porte du bureau et appela :

– Gordon! Téléphone pour vous!

Les dents serrées, il tourna les talons et, sans même un signe de tête, disparut dans le bureau. Jill, qui le suivait des yeux, entendit Scott railler tout bas :

– Ho! Ho! Gordon s'est à nouveau transformé en Capitaine Crochet!

Elle tourna vers lui ses yeux bleus étonnés, et il lui fit un sourire désarmant, en reprenant sur le même ton taquin :

– Et qu'a fait notre petite-nièce du Kansas pour le mettre de si mauvaise humeur, ce matin?

Jill se dit qu'au fond Scott n'avait pas tort de l'accuser. Elle protesta pourtant en riant :

– Moi? Oh! rien du tout. Enfin... vous avez peut-être raison, monsieur Dougherty. J'ai...

– Appelez-moi Scott, je vous en prie!

– Bon. Scott... Je crois que Gordon et moi ne sommes pas précisément partis d'un bon pied, depuis mon arrivée.

– C'est-à-dire depuis quand?

– Hier après-midi.

– Il faut davantage de temps pour rayer sans remords quelqu'un de ses papiers! Qu'en pensez-vous? demanda-t-il avec dans les yeux un pétillement de malice qui ajoutait à sa séduction.

– Je ne comprends pas, murmura Jill.

Déroutée, elle se demanda s'il insinuait qu'elle était trop prompte à condamner Gordon.

– Je veux dire que si G.D. est assez bête pour ne pas vous apprécier, c'est son affaire. Pour ma part, je suis trop heureux de vous accueillir à bras ouverts. Au figuré, s'entend!

Jill se détendit : enfin un homme débordant de ce charme du Sud dont on parlait tant !

– Auriez-vous le temps... euh... de m'expliquer un peu tout ce matériel ? demanda-t-elle, hésitante.

– Gordon n'a pas... ?

– Non.

Scott entreprit de remédier à cet état de fait et il lui expliqua, avec patience et en détail, les usages et le maniement de l'équipement de plongée. D'abord intéressée, Jill fut vite passionnée. Apprendre à plonger lui paraissait soudain très urgent, et elle le confia à Scott qui lui proposa aussitôt ses services de moniteur.

– Votre oncle va être enchanté que vous vous intéressiez à son passe-temps favori !

– Comment ? Il plonge ? s'étonna Jill.

Elle n'avait pas imaginé qu'un homme aussi âgé que son oncle puisse enfiler une combinaison, des palmes, un masque, fixer des bouteilles et plonger dans la mer !

– Eh bien, il a dû arrêter, il y a cinq ans. Ordre du médecin. C'est un fanatique de ce sport, mais aujourd'hui, il le pratique rarement, et seulement quand Gordon et moi pouvons l'accompagner.

– Pourquoi ?

– Il risque d'avoir une autre crise cardiaque, à n'importe quel moment, et il faudrait alors être deux pour le remonter à la surface et l'amener à terre. C'est vraiment malheureux, parce que la plongée a toujours été l'unique amour de Matt. C'est lui qui l'a lancée dans la région. Mais vous savez certainement tout cela ?

Scott regarda Jill qui remarqua qu'il avait un œil un peu plus marron que l'autre. Ayant fait cette découverte, elle le contemplait fixement, lorsque Gordon sortit du bureau.

– Vous avez fini, Dougherty? demanda-t-il si brusquement que Jill sursauta.

De sa démarche de panthère, il était arrivé sans bruit tout à côté d'elle. Scott parut surpris de cette hostilité, mais répondit sans s'émouvoir :

– Oui, je viens de proposer mes services de moniteur à Jill.

Les yeux d'acier de Gordon se posèrent avec une troublante intensité sur le profil de la jeune fille. Elle répondit à l'offre de Scott avec autant d'enthousiasme qu'elle le put, étant donné l'atmosphère plutôt oppressante que Gordon faisait régner.

– Je vais demander à mon oncle, assura-t-elle, et s'il ne s'y oppose pas, nous pourrions commencer tout de suite, n'est-ce pas?

– Demain, si vous voulez.

– Parfait. Je serai là.

Gordon et Jill retournèrent à la voiture. En lui ouvrant la portière, il demanda :

– Eh bien, que pensez-vous de la boîte?

Elle répondit sans réfléchir :

– Je n'aurais jamais cru qu'une entreprise apparemment si petite soit si lucrative.

– Que voulez-vous dire?

Les yeux froids de Gordon la transpercèrent, provoquant un frisson de malaise et une tension de ses nerfs déjà prêts à craquer.

– Eh bien, la grande maison, cette Mercedes... Tout ce luxe vient des revenus de cette entreprise? demanda-t-elle en indiquant vaguement le magasin.

Gordon pinça les lèvres et, remarquant à nouveau le muscle qui tressautait sur sa joue, Jill se sentit gagnée par un affolement proche de la panique. Qu'avait-elle encore dit? Elle ne pouvait donc rien dire ni rien faire de bien? Rien qui plaise à cet arrogant individu?

– Votre oncle a acheté beaucoup de terrain quand il est venu s'installer ici, mademoiselle Taggert. Il possède aussi une part d'un grand hôtel de Miami, un palace extrêmement rentable. Cela, avec ses vergers d'agrumes, constitue le gros de ses revenus. Ceci, déclara Gordon en désignant l'école de plongée comme l'avait fait Jill, est plus ou moins son passe-temps. Votre oncle n'est pas un imbécile. Vous feriez bien de ne pas l'oublier.

Sur cette réflexion caustique, qui fit monter le rouge aux joues de Jill, il tourna les talons et contourna la voiture. Le trajet du retour se fit dans un silence glacial. Jill se jura qu'à l'avenir elle éviterait M. Gordon Darrel autant qu'elle le pourrait. C'était une solution aussi satisfaisante pour lui que pour elle. Puisqu'il la condamnait sans jugement, en quelque sorte, empêchant toute relation normale d'exister, la fuite était l'unique stratégie possible. Et, pour commencer, elle sauta de la voiture dès qu'elle fut arrêtée et courut vers le perron sans un regard en arrière. Derrière elle, il accéléra dans l'allée en faisant voler le gravier sous les pneus.

Tandis qu'elle grimpait les marches du perron en s'efforçant de se détendre, elle remarqua une autre voiture, garée sur le côté et tout aussi luxueuse. Appartenait-elle aussi à l'oncle Matt? Soudain, elle vit le macaron signalant que c'était le véhicule d'un médecin. Elle se précipita aussitôt dans le hall. Un homme en costume sport, une trousse noire à la main, descendait du premier. John l'accompagnait et l'inconnu lui donnait des ordres :

– Je veux qu'il reste au lit toute la journée, même

si Consuelo et vous devez vous relayer pour l'empêcher de se lever!

John sourit faiblement, puis il avisa Jill au pied de l'escalier. Elle était très pâle et ses immenses yeux bleus exprimaient une terrible angoisse.

– Oncle Matt? murmura-t-elle en se cramponnant à la boule de cristal taillé qui ornait le bas de la rampe.

– Rien d'inquiétant, mademoiselle Taggert, dit John pour la rassurer. Ce monsieur, qui est médecin, est un vieil ami de Matt.

– Oui, dit l'homme en lui tendant la main. J'allais jouer au golf et comme Gordon m'a téléphoné pour me faire part de cette petite poussée de tension, je suis passé. Ravi de vous connaître. Je me présente... Tom Evans.

Il était visiblement proche de la retraite, c'est-à-dire d'une génération de médecins qui exerçaient d'une manière plus chaleureuse, qui trouvaient encore le temps de traiter les malades comme des êtres humains et non comme des numéros ou des cobayes. Jamais – cela se voyait tout de suite – le Dr Evans ne parlerait de « la vésicule du 103 ». Il lui plut dès le premier abord, et elle fut immensément rassurée et heureuse que son oncle ait, en une seule personne, un si bon ami et un excellent médecin.

– Il va se remettre?

– Bien sûr! Un peu trop d'énervement, c'est tout, dit Tom Evans en agitant un index grondeur. Et j'ai le regret de vous dire que c'est votre arrivée qui en est la cause! Alors, pour votre pénitence, vous allez aider Consuelo et John à le maintenir au lit toute la journée. Je veux qu'il repose au moins son corps, sinon son esprit.

– C'est une punition que je trouve extrêmement

agréable, dit-elle en souriant. Je peux monter maintenant?

– Certainement.

– Tant mieux!

Jill s'engagea dans l'escalier puis, se souvenant de ses bonnes manières, elle se retourna pour ajouter :

– Je suis ravie de vous connaître, docteur. J'espère que la prochaine fois que nous nous verrons, ce sera uniquement pour le plaisir de faire connaissance.

– Je l'espère bien! répliqua-t-il.

John le raccompagna jusqu'à la porte tandis que Jill trouvait son oncle soutenu par des oreillers, feuilletant tristement un magazine. En s'approchant, elle vit que c'était une revue de plongée sous-marine. Il avait l'air d'un petit garçon qui a envie d'être dehors avec ses copains et que sa mère oblige à rester au lit et à avaler un médicament amer. Cette idée la fit sourire de toutes ses fossettes.

– Jill!

L'expression hagarde de son oncle changea immédiatement. Il tapota le bord du lit pour l'inviter à s'y asseoir.

– Raconte-moi ta visite du magasin. Qu'est-ce que tu en penses?

Elle l'embrassa d'abord puis elle se laissa tomber sur le lit. Après son affrontement avec Gordon et la rencontre du médecin, elle s'apercevait que ses jambes étaient faibles.

– C'est très intéressant, répondit-elle.

Passant sur la sécheresse et la grossièreté de Gordon, elle décrivit sa première réaction devant l'Océan, son intérêt pour le matériel du magasin et termina par la proposition de Scott d'être son moniteur de plongée. Matt rayonnait, tout joyeux de voir l'enthousiasme sincère de sa nièce.

– Alors, tu voudrais apprendre à plonger? Tu ne le regretteras pas! Sous les vagues, c'est un monde merveilleux, magique, mais il faut être solide et très bon nageur. L'es-tu? Tu devras passer des épreuves sévères, avant d'avoir l'autorisation de prendre des leçons de plongée.

Il était évident qu'il doutait beaucoup qu'une fille élevée dans le Middle West, en plein centre du continent, puisse jamais devenir une bonne nageuse.

– Oh oui, oncle Matt! Justement! Je faisais partie de l'équipe de natation du lycée et, après mes études, j'ai continué à nager très régulièrement à la piscine. Je sais que j'en suis capable! assura-t-elle, les yeux étincelants.

Jill savait qu'elle était à un moment de sa vie où elle devait choisir une voie, avoir un but précis, et pendant le trajet de retour dans la Mercedes, elle avait élaboré un plan dont elle hésitait un peu à parler à son cher oncle. Mais si elle passait les épreuves, si elle devenait une plongeuse compétente, alors... Son oncle coupa court à ses réflexions.

– Comment se fait-il que Scott ait offert de te donner des leçons? Gordon ne te l'a pas proposé? demanda-t-il en fronçant les sourcils.

– Euh... non.

Matt Lane en parut irrité.

– Gordon est plus expérimenté que le jeune Dougherty, marmonna-t-il, puis ses yeux se posèrent sur Jill qui l'observait avec un sentiment de malaise croissant. Si je lui parlais, il te prendrait en charge. Note que si je pensais que Scott était un mauvais moniteur, je ne l'aurais pas engagé. Mais Gordon est le meilleur de toute la région et je ne veux que tout ce qu'il y a de meilleur, quand il s'agit de ma petite Jill, conclut-il affectueusement.

Jill sentit une boule se former dans sa gorge. Malgré son émotion, elle pensait quand même que son oncle se faisait trop de souci; et puis la perspective de recevoir des leçons de Gordon l'horrifiait. Elle tenta de dire tout cela, à sa manière, à Matt.

– Mais j'ai déjà dit oui à Scott, et nous devons commencer demain! Je ne peux pas lui annoncer que Gordon va le remplacer sans faire injure à ses qualités de moniteur! D'ailleurs, c'est le travail principal de Scott, n'est-ce pas? Il aura donc plus de temps à consacrer à une nouvelle élève. Tandis que Gordon est très pris par le magasin, et je ne voudrais pas lui demander de trouver quelques moments pour moi... Son emploi du temps est déjà surchargé.

En attendant la réaction de son oncle à ces raisonnements d'une logique qui lui paraissait irréfutable, elle retint sa respiration. Il finit par hocher la tête.

– Oui, c'est vrai. Je suppose que tu seras en bonnes mains.

Elle voyait bien qu'il n'était pas totalement convaincu. Profitant de ce qu'il avait besoin de repos, elle s'échappa avant qu'il ne poursuive la discussion. Elle se leva et pressa la main ridée posée sur la couverture.

– Vous savez que le médecin a dit que vous deviez vous reposer aujourd'hui. Je monterai vous voir de temps en temps, pour m'assurer que vous le faites.

– Je crois que Tom m'a donné quelque chose

pour dormir, grommela Matt en étouffant un bâillement.

– Il doit savoir que c'est le seul moyen de vous empêcher de vous lever, le taquina Jill.

L'ayant embrassé sur le front, elle le laissa.

6

La décision de Jill d'éviter Gordon fut plus facile à prendre qu'à mettre à exécution. Gordon était le fils de la maison et, bien sûr, il prenait tous ses repas avec Matt et Jill.

Ce soir-là, à table, Matt apprit à Gordon l'intention de Jill de prendre des leçons de plongée avec Scott. A part un bref coup d'œil qui ne révéla rien de ses pensées, il n'eut aucune réaction, mais sa figure s'assombrit quand Matt ajouta :

– Tu peux emmener Jill avec toi, au magasin, le matin, n'est-ce pas?

– Oui, dit-il, visiblement à contrecœur.

Elle était malade d'avance à la pensée d'être enfermée dans cette voiture avec lui, tous les matins, dans un silence si lourd que le temps paraissait interminable. Si Gordon ne se décidait pas à lui adresser la parole, elle ne pourrait pas le supporter.

– Bravo! s'exclama oncle Matt avec satisfaction.

Le lendemain matin, le voyage jusqu'au magasin fut aussi déplaisant qu'elle l'avait craint. Elle était prête à 8 heures précises, comme Gordon l'en avait priée. Au moins il ne pourrait pas lui reprocher d'être en retard! Cependant, il n'y eut pas le moindre dégel dans son attitude.

Au magasin, Scott l'accueillit chaleureusement.

– Je vois que vous vous êtes préparée, dit-il en remarquant qu'elle portait un sac de plage contenant son maillot et son bonnet de bain. Salut, G.D.! ajouta-t-il pour Gordon avec moins d'enthousiasme.

– Bonjour, Scott, fit brièvement Gordon.

Aussitôt, il s'enferma dans le bureau, et dès qu'il eut disparu, l'atmosphère devint plus légère et Jill poussa un soupir de soulagement.

– Déjà fatiguée? plaisanta Scott.

– Oh non! Je suis pressée de commencer! Que faisons-nous d'abord?

Jill accorda toute son attention à Scott, pour mieux chasser Gordon de son esprit.

– Est-ce que votre oncle vous a avertie que vous devez passer un examen assez difficile avant d'être autorisée à prendre des leçons?

– Oui.

– Bien. Alors, pour commencer, nous nous mettons en maillot, dit-il en poussant la porte des vestiaires.

Quand Jill se fut changée dans le petit vestiaire des dames, elle suivit Scott qui alla vers la piscine, en slip de bain blanc, deux grandes serviettes sur le bras. Le maillot corail de Jill, qu'elle avait depuis l'adolescence, était d'une pièce avec de petits drapés se terminant par des nœuds sur les hanches. Scott eut un regard admiratif pour les délicates rondeurs de Jill.

– Bon, dit-il dès qu'ils furent dans la piscine. Je vais vous demander d'effectuer certains mouvements et nous verrons comment vous vous en tirez. D'abord, je veux voir votre battement de pieds, sans les mains. Traversez simplement la piscine, tout droit.

Jill s'exécuta, et Scott lui demanda de faire une

démonstration de nage indienne et de brasse puis, combinant les trois nages, elle dut faire deux cents mètres sans se reposer. Après cela, elle dut nager sur place pendant trois minutes chrono et prouver ensuite qu'elle pouvait nager sous l'eau sur dix mètres au moins sans l'élan d'un plongeon ou d'une poussée contre le rebord de la piscine. Enfin, Scott la félicita et lui demanda si elle était fatiguée.

– Un peu, avoua-t-elle.

Elle faisait la planche, immobile, pour les cinq minutes exigées.

– Il y a quarante-cinq minutes que nous travaillons. Je pense que ça suffit pour aujourd'hui, déclara-t-il.

Il se hissa en souplesse hors de l'eau et tendit une main à Jill pour l'aider à en faire autant.

– Il y a encore des épreuves?

– Oui, mais il vaut mieux attendre demain. Vous devrez plonger et récupérer un poids de cinq livres dans le fond. Je vais aussi vous donner un formulaire qui devra être rempli par un médecin déclarant que vous êtes en assez bonne condition physique pour faire de la plongée sous-marine. Naturellement, le plus difficile, ce sera d'obtenir rapidement un rendez-vous avec un médecin!

– Le Dr Evans, l'ami de mon oncle, pourrait peut-être faire ça?

– Mais oui, bien sûr! S'il peut remplir ce formulaire tout de suite, nous commencerons les leçons très vite.

– Je lui téléphone tout à l'heure, promit Jill.

Elle retourna au vestiaire pour s'habiller. Elle avait froid et grelottait. La piscine était chauffée mais, comme l'avait prédit Gordon, le temps avait changé et le ciel se couvrait.

Lorsqu'elle revint dans le magasin, Scott s'était

déjà rhabillé et parlait avec Gordon qui agitait impatiemment les clés de la voiture. Un couple examinait les combinaisons et, dès que Jill entra, Scott lui dit au revoir pour aller s'occuper des clients.

Gordon la considéra avec froideur et son regard s'attarda sur les nombreuses petites boucles humides qui n'étaient pas rentrées dans le bonnet de bain. Jill, qui ce matin ne s'était pas maquillée pour venir à sa leçon, se sentit brusquement affreuse avec son visage d'écolière encadré de mèches mouillées. C'est pourquoi elle répondit très sèchement quand Gordon lui demanda si elle était prête à partir.

– Naturellement, je suis prête! lança-t-elle.

Mais voyant l'expression réprobatrice de Gordon, elle regretta aussitôt ce ton rude. Ils revinrent à la maison sans dire un mot. Lorsque la voiture s'arrêta devant le perron, Jill le remercia et ouvrit la portière en se disant qu'elle en avait plus qu'assez de M. Gordon Darrel. Ses nerfs ne pourraient supporter ces trajets quotidiens silencieux avec cette exaspérante masse de muscles. Elle partit à la recherche de son oncle et le trouva dans la véranda. Après lui avoir raconté sa première séance avec Scott, elle posa la question qui la préoccupait le plus :

– Oncle Matt, est-ce qu'il n'y aurait pas un moyen pour que je puisse aller seule au magasin? Il n'y a pas de raison pour que Gordon bouleverse son emploi du temps pour me conduire et me ramener.

– Eh bien, c'est un peu difficile, ma chérie, répondit-il. Nous avons bien une autre voiture, mais Gordon tient à ce qu'elle reste ici, pour que John ait un véhicule en cas d'urgence. Bien sûr, je trouve ça ridicule et je me demande s'il sait à quoi servent les ambulances!

Jill dut reconnaître que Gordon avait raison. La maison était isolée, et une voiture était ici une nécessité, pas un luxe. Une ambulance mettrait du temps à venir si jamais il arrivait quelque chose à oncle Matt. Et dans ce cas, son transport rapide dans un hôpital serait une question de vie ou de mort. Elle était forcée d'admettre que Gordon agissait comme un fils plein d'affection envers Matt. Il était évident qu'il l'adorait. Elle se demanda alors quel effet cela lui ferait à elle, si elle était la femme qu'il adorait. La traiterait-il avec ce même souci de son bien-être? Cette pensée insolite l'inquiéta tout de suite, et elle décida de ne plus penser à Gordon.

– Pensez-vous que votre ami le Dr Evans pourrait m'examiner afin que je puisse commencer mes leçons de plongée? demanda-t-elle à son oncle.

– J'en suis certain. Nous allons lui téléphoner sur-le-champ, dit-il en se levant.

Ils téléphonèrent du bureau. Le Dr Evans accepta de recevoir Jill dans l'après-midi même, et John les conduisit à son cabinet, à Daytona Beach. Il trouva Jill en parfaite santé, bien qu'un peu maigre.

– Toutes les jeunes filles veulent être maigres comme des coucous, plaisanta Tom Evans, alors que les hommes préfèrent les femmes qui ont des rondeurs!

– Mais, docteur, je suis trop jeune pour penser aux hommes!

– Allons donc! Les filles ne pensent qu'à ça, quel que soit leur âge.

– Pas moi! affirma Jill avec véhémence.

Mais sur le chemin du retour, elle se dit que son démenti n'avait pas été bien sincère. Depuis quelque temps, il y avait un homme qui faisait de bien déconcertantes incursions dans ses pensées...

Gordon la conduisit au magasin tous les matins de la semaine. Le vendredi, elle avait passé toutes les épreuves. Scott lui avait fourni son équipement, et il y avait deux jours que les leçons de plongée avaient commencé. Jill était enthousiasmée. Elle avait appris comment ôter et endosser ses bouteilles en restant sous l'eau, comment sauver un plongeur en difficulté, et bien d'autres choses encore.

Ce vendredi-là, vers la fin de leur séance, Scott et Jill étaient debout au bord de la piscine, tout équipés. Il lui montrait comment partager l'embout du respirateur avec un camarade, en cas de besoin. Ils étaient très près l'un de l'autre, et Scott plaisantait :

– Je n'ai jamais eu à faire cela en plongée, mais avec une fille aussi belle que vous, je suis tenté de faire semblant d'être en difficulté, pour notre première sortie!

Les yeux pétillants, il l'attira tout contre lui tandis qu'elle riait aux éclats.

– Ah, Scott! D'abord, je ne suis pas belle. Et ensuite, vous êtes un incorrigible flatteur!

– Mmmm-mm, murmura-t-il, et avant qu'elle eût pu esquisser un geste, il abaissa l'embout et l'embrassa sur la bouche.

C'était un baiser léger, mais comme Jill ne s'y attendait pas du tout, elle resta interloquée, sans aucune réaction jusqu'à ce qu'une voix glaciale les sépare brusquement :

– Est-ce une démonstration de bouche-à-bouche, ou manœuvrez-vous plus vite que d'habitude, Dougherty?

Sur le seuil du portail de l'enclos, Gordon les regardait avec une expression menaçante.

Jill recula, l'air coupable, mais Scott fut irrité par cette intrusion.

– Qu'est-ce que vous voulez, G.D.?

– Il est bientôt midi. Je viens chercher Mlle Taggert. Votre leçon a déjà duré deux fois plus longtemps que d'habitude.

Scott jeta un coup d'œil à sa montre étanche et haussa les sourcils.

– Tiens, c'est vrai! Eh bien, Jill, je pense que c'est tout pour aujourd'hui! A demain?

– Demain? s'étonna Gordon. Depuis quand donnez-vous des leçons le samedi?

Scott serra les dents mais répondit posément :

– C'est rare, en effet. Mais Jill et moi sommes d'accord pour accélérer les leçons. Elle veut apprendre le plus vite possible.

A ces mots, Gordon tourna vers Jill un regard impénétrable. Se tournant vers Scott, elle hocha la tête et confirma :

– Oui. A demain.

Elle se sentait écarlate, et ses jambes flageolaient un peu alors qu'elle passa devant Gordon, la tête haute, pour aller se changer. Dans la voiture, le silence fut encore plus oppressant qu'à l'ordinaire. Jill sentait Gordon crispé et tendu, et lorsqu'il arrêta brusquement la voiture sur le bas-côté de la route, coupa le contact et la contempla d'un air sombre, elle n'en fut pas tellement surprise.

Les mains nerveusement croisées, elle feignit la plus totale indifférence. Puisant dans ses dernières réserves de courage, elle parvint même à le regarder en face. Il se décida enfin à parler.

– Ne devenez pas trop intime avec Dougherty, ordonna-t-il d'un ton implacable.

Elle ouvrit la bouche, stupéfaite, et la referma

aussitôt. Tout cela était trop ridicule! Pour qui se prenait-il? Bafouillant d'indignation, elle rétorqua :

– Vous avez un sacré aplomb! Qui vous a désigné comme mon directeur de conscience? Si j'ai envie de m'intéresser à Scott, je m'intéresserai à lui et rien de ce que vous...

– Mademoiselle Taggert! l'interrompit-il brutalement. Scott est californien. Il n'est ici que pour quelques mois. Il repartira bientôt pour la Californie où il créera sa propre école. L'intérêt qu'il a pour vous ne peut être que temporaire. Je ne le crois pas prêt du tout à renoncer au célibat!

Jill se hérissa de plus belle.

– Monsieur Darrel, un petit baiser ne signifie pas une demande en mariage. Ne pensez-vous pas que vous y attachez beaucoup trop d'importance?

Ses yeux étincelaient et ses poings étaient crispés sur ses genoux.

– J'ai vu Dougherty à l'œuvre, insista Gordon d'une voix maintenant railleuse. Mais je suis sûr que vous avez assez d'expérience pour savoir que ce type d'homme est rarement sérieux.

Elle ouvrait la bouche pour protester mais au lieu de la laisser parler, Gordon durcit le ton.

– Je vous conseille de ne jamais oublier que votre oncle a des idées très strictes sur la moralité. Il n'a vraiment pas besoin de se faire du souci à cause de vos aventures amoureuses! S'il vous plaît, évitez Dougherty en dehors des leçons de plongée. Faites-le pour Matt.

Cet ordre attisa la rage de Jill, mais elle se retint et répondit d'une voix mielleuse :

– Est-il au courant de vos aventures galantes? Il me semble qu'il n'approuverait pas non plus de vous voir flirter, et avec une femme mariée!

– Je ne comprends pas.

– Je fais allusion à votre flirt flagrant avec Mme Flemming, dit-elle en croisant les bras, sûre qu'il allait perdre contenance.

Mais, au contraire, sa figure s'éclaircit et un sourire étira ses lèvres dures.

– Ah, je vois! Vos accusations tombent à plat! Mme Flemming est veuve, déclara-t-il avec satisfaction.

– Ah... souffla Jill.

Ce fut tout ce qu'elle trouva à dire. La mauvaise foi de Gordon lui coupait le souffle et la parole. Rageusement, elle se tourna vers la portière pour couper court à la conversation. Mais il n'avait pas fini.

– Eh bien? demanda-t-il brusquement.

– Eh bien quoi? s'écria-t-elle.

– Vous n'allez pas vous excuser d'avoir ainsi calomnié Yvonne?

Jill se tourna vivement vers lui.

– M'excuser? Auprès de qui?

L'air écœuré, il tourna la clé de contact d'un geste violent, passa la vitesse et fonça sur la route.

– Mademoiselle Taggert, dit-il alors, je suggère que vous considériez très sérieusement ce que je vous ai dit sur vos rapports avec Dougherty. Et aussi sur l'état de Matt.

Ces derniers mots insinuant qu'elle n'avait aucune affection pour son oncle, Jill ne pouvait les laisser passer sans réagir.

– J'aime beaucoup mon oncle Matt, monsieur Darrel! déclara-t-elle. Beaucoup plus que vous ne le pensez. Et d'ailleurs, cette conversation est grotesque puisque la raison n'en est qu'un simple petit baiser que j'ai été très étonnée de recevoir. Je n'avais vraiment jamais pensé que Scott puisse m'embrasser. Je ne lui ai pas rendu son baiser...

vous avez fait irruption juste à ce moment-là... alors... Et d'abord, ça ne vous regarde pas! Je ne veux plus en parler!

– Parfait.

Jill crut voir l'œil de Gordon pétiller d'amusement, mais elle avait dû rêver car il regardait droit devant lui, toujours aussi sévère.

Ce fut avec un immense soulagement qu'elle vit apparaître la maison blanche de Matthew Lane. A peine Gordon avait-il freiné devant le perron qu'elle bondit de la voiture et courut vers les marches – sans un mot de remerciement cette fois. Sa fuite fut arrêtée par l'odieuse voix de Gordon.

– Mademoiselle Taggert?

Elle se retourna à contrecœur et se sentit immédiatement ridicule. Il levait en l'air le sac de plage contenant son maillot mouillé. Les joues écarlates, elle revint sur ses pas et prit le sac, en évitant soigneusement son regard. Puis elle se hâta vers la maison.

Après le déjeuner, qui fut moins pénible qu'elle ne l'avait redouté, Gordon retourna au magasin... et à Yvonne. Jill les imagina travaillant côte à côte dans le bureau. Pour effacer cette vision irritante, elle raconta ses exploits du matin à Matt et annonça :

– Demain, nous prenons le bateau pour aller à la crique et je fais ma première plongée en mer!

– Déjà? s'étonna Matt avec inquiétude. Ce n'est peut-être pas très prudent, Jill. Est-ce que tu es prête pour ça?

– Scott dit que ce n'est qu'une petite plongée peu profonde, cinq mètres au plus, dit-elle vivement pour le rassurer. Il dit que je suis une excellente élève, et puis, j'ai confiance en moi. Ne vous faites pas de souci, oncle Matt. Il ne va rien m'arriver du tout!

Le lendemain matin, Gordon, toujours aussi réticent et maussade, conduisit Jill au magasin. Après la réaction de son oncle, elle se garda bien de lui révéler les projets de Scott. Elle savait qu'il n'hésiterait pas un instant à s'y opposer et elle avait trop envie de plonger pour lui en donner l'occasion. D'ailleurs, elle allait plonger dans une crique abritée où les eaux étaient calmes, pas en plein Océan. Elle ne risquait absolument rien. D'autant que Scott était un plongeur expérimenté.

Elle bondit de la voiture dans le magasin, sans s'apercevoir que Gordon la suivait des yeux, un sourcil haussé. Elle trouva Scott dans la réserve, où il préparait combinaisons et matériel.

– Etes-vous aussi surexcitée que vous en avez l'air? demanda-t-il en souriant de la voir si animée.

– J'en ai l'air? haleta-t-elle. Mais c'est bien normal, non?

Il rit et lui donna une petite tape affectueuse sur l'épaule.

– Oui. Allez vite enfiler votre mignon petit maillot, et mettez aussi cela, dit-il en lui tendant une des combinaisons. Et si vous avez la moindre difficulté, ajouta-t-il comme elle ouvrait la porte du vestiaire, je serai heureux de vous aider!

Jill leva les yeux au ciel en riant. Gordon avait raison. Scott Dougherty était vraiment un don Juan incorrigible, pas du tout prêt pour une relation sérieuse. Mais comme elle ne l'était pas non plus, ils pouvaient rester excellents camarades.

Il lui avait déjà expliqué que les combinaisons entières étaient indispensables en cette saison, car la température de l'eau était bien au-dessous des 21°

à partir desquels un plongeur pouvait s'en passer. Même alors, presque tous portaient un justaucorps de cette même matière spongieuse.

Elle enfila rapidement la combinaison et retourna dans le magasin où elle fut équipée de la brassière de sauvetage gonflable, d'une ceinture à plombs au poids calibré selon ses besoins et de lourdes bouteilles d'air comprimé. Leurs palmes à la main, Scott et elle sortirent par-derrière et se dirigèrent vers la petite jetée de bois où un bateau à fond plat était amarré. Ils y jetèrent leurs palmes, sautèrent à bord et, après avoir largué les amarres, Scott mit le moteur en marche. Ils s'éloignèrent de la côte pour contourner un promontoire et pénétrer dans une petite anse où la mer était toujours calme.

Scott coupa le moteur, mouilla l'ancre et dit à Jill :

– Gonflez la balise et on y va!

Elle s'empressa d'obéir et gonfla la chambre à air au fanion rouge orangé barré d'une bande blanche, indiquant aux embarcations qui passeraient que des plongeurs opéraient dans les parages.

Ensuite, ils enfilèrent leurs palmes; celles de Jill étaient plus courtes et plus souples que celles de Scott, parce que ses mollets n'étaient pas encore assez musclés pour pouvoir manier de longues palmes raides.

Quand Scott eut jeté la balise à l'eau, il annonça :

– Tout est paré! On y va! Je passe le premier. Nous nous mettrons à l'eau de face. Vous n'avez pas peur?

– Non, assura-t-elle calmement en soutenant le regard soucieux des yeux marron-vert.

C'était vrai, et elle en était la première étonnée, car c'était tout de même son premier plongeon dans l'Océan. Ils s'étaient entraînés pendant deux jours, dans la piscine chauffée, et elle savait que ce serait très différent dans l'eau salée et froide, mais elle n'éprouvait aucune inquiétude.

– Bravo, dit-il. Allons-y!

Et plaçant entre ses dents l'embout du respirateur, il plongea. Jill l'imita. Scott, qui nageait sur place, leva le pouce en signe d'approbation puis le rabaissa pour indiquer qu'ils allaient descendre. Ensemble, ils firent une cabriole et plongèrent la tête la première vers le fond.

7

Pendant la descente, Jill fut surtout frappée par la sensation d'isolement que donnait le silence absolu qui régnait dans l'eau. Les bulles montaient en scintillant devant leurs masques, pendant qu'ils agitaient lentement leurs palmes pour plonger de plus en plus bas. Scott avait averti Jill que le fond de la crique serait moins intéressant que les plus grandes profondeurs du large, mais aujourd'hui, elle faisait son initiation à la plongée en eau salée, et pas une excursion touristique.

Bientôt, ils atteignirent le fond sablonneux, ridé par les courants. De longues algues oscillaient, rappelant à Jill les ondulations des hautes herbes de la prairie au vent du Kansas. En dépit de l'avertissement de Scott, elle fut émerveillée. C'était sans doute l'habitude qui lui faisait mépriser ce paysage sous-marin qui, pour Jill, avait tout l'attrait de la nouveauté. Respirant calmement, régulièrement l'air de ses bouteilles, plus légères maintenant qu'elle était immergée, elle s'éloigna pour une petite exploration, certaine que Scott la suivait. Ce ne fut qu'un moment plus tard, après avoir admiré un banc de poissons gris argent rayé de jaune vif, que se retournant pour les montrer à Scott, elle s'aperçut qu'il n'était pas là.

Se souvenant de sa sévère injonction : toujours

rester groupés, elle rebroussa chemin entre les longues algues, espérant qu'elle ne s'égarait pas. Elle le vit enfin, debout sur le fond, tripotant son respirateur et lui faisant signe d'approcher. Comme elle nageait vers lui, il passa une main en travers de sa gorge, indiquant que son arrivée d'air était coupée. Puis il montra son embout et sa bouche. Mais comme Scott l'avait taquinée en disant qu'il avait bien envie de feindre d'avoir des difficultés pour partager son respirateur à leur première plongée, elle ne s'inquiéta pas outre mesure. Elle s'arrêta même à deux mètres de lui et le contempla en riant.

Lorsque Scott ôta l'embout de son respirateur et le lui tendit, elle ne réagit pas davantage. Alors, il vint vers elle, laissant complètement tomber son respirateur sur sa poitrine, et elle vit, à travers la glace du masque, qu'il avait une expression réellement anxieuse.

Il allongea le bras et toucha l'embout de Jill. Docilement, elle ouvrit la bouche, le retira d'entre ses dents et le lui offrit. La poitrine de Scott se dilata quand il aspira une pleine goulée d'air.

Il ne plaisantait pas! Il était réellement en danger! Atterrée, elle s'en voulut d'avoir été si insouciante.

Il lui tendit le respirateur et, indiquant la surface du pouce, lui signala qu'ils remontaient. Ensemble, ils s'élevèrent en partageant le respirateur et émergèrent à côté du fanion de la balise. S'y agrippant, ils respirèrent tranquillement un moment.

– Scott! Que s'est-il passé? demanda Jill. Je croyais que vous plaisantiez!

– Mon chou, dit-il entre deux aspirations pénibles, personne ne plaisante en plongée. C'est sérieux, là-dessous, vous savez. Même moi, je renonce à mon caractère insouciant... J'ai bien vu ce que vous pensiez. C'est pourquoi j'ai presque dû vous arracher de la bouche ce fichu respirateur!

– Je suis navrée, Scott, vraiment, murmura-t-elle.

– Autre chose, ajouta-t-il, d'un ton fâché. Ne vous éloignez jamais comme ça, toute seule. Assurez-vous toujours que votre compagnon de plongée est en vue. Compris?

– Oui, Scott, répondit-elle humblement.

Elle était bourrelée de remords et un peu effrayée, en nageant derrière Scott jusqu'au bateau. Il l'aida à s'y hisser, ramena la balise et mit le moteur en marche. Tandis que Jill ne cessait de se répéter qu'il aurait pu perdre connaissance et mourir là, en bas, si elle n'était revenue à temps.

Tous deux furent sombres et silencieux pendant le retour. Mais une fois qu'il eut amarré le bateau à la jetée et tourné la tête pour aider Jill à débarquer, Scott vit son expression désolée et la prit dans ses bras.

– Voyons, Jill, ne vous mettez pas dans cet état! Je suis vivant! Tout va bien!

Ces mots gentils ne servirent qu'à rompre le barrage retenant ses larmes et elle laissa couler un torrent de pleurs d'humiliation.

– Allons, allons, arrêtez! Calmez-vous, ordonna Scott, lui prenant le menton pour poser sur ses lèvres un baiser consolant.

– Excusez-moi, Scott. Je vous demande pardon, c'est tout ce que je peux dire, marmonna-t-elle tandis qu'il la faisait descendre du bateau.

Il récupéra les palmes et la balise dégonflée, et continua de réconforter Jill en remontant vers le magasin.

– Tout va bien, mon chou, croyez-moi. J'aurais pu

facilement remonter à la surface en retenant ma respiration. Je suis un plongeur expérimenté, et nous n'étions qu'à cinq mètres de profondeur... mais je m'inquiétais pour vous! Je ne vous voyais plus parmi toutes ces algues et j'avais épuisé la réserve de mes poumons en attendant votre réapparition. Vous avez appris quelque chose de très important aujourd'hui, même si la leçon a été pénible.

– Pénible, ça oui! reconnut-elle en entrant dans le magasin.

– Qu'avez-vous appris de si pénible?

La voix de Gordon était mordante et aigre. Debout derrière l'immense mur de verre, il avait une expression glaciale.

Jill, qui ne l'avait pas vu, sursauta et se détourna avec consternation de ce visage furieux.

– Allez vous changer. Je vais lui expliquer, lui chuchota Scott à l'oreille.

Trop heureuse, elle courut vers les vestiaires, laissant Scott raconter calmement l'incident.

Elle n'entendit pas la réaction de Gordon, mais quand elle se fut rhabillée, Scott poussa la porte du vestiaire comme elle en sortait. Elle s'arrêta net, surprise par son visage congestionné et furieux.

– Qu'est-ce qui se passe?

– Le Capitaine Crochet vous le dira! cria-t-il.

Il la bouscula presque en se dirigeant vers la réserve où Jill le suivit, pour lui remettre sa combinaison. En la prenant, il murmura:

– Vous feriez mieux d'y aller. Monsieur attend!

– Oui, dit-elle, troublée par le comportement de Scott et ne sachant que faire.

– Allez! Ne le faites pas attendre!

Haussant les épaules, elle entra dans le magasin. Les mains dans les poches, les jambes écartées, la mine agressive, Gordon contemplait l'Océan. Autour de lui, l'atmosphère était orageuse et il y avait de l'électricité dans l'air. Voyant cela, Jill se désola en silence d'être obligée de rentrer avec Gordon Darrel.

Comme si un sixième sens l'avait averti qu'elle était là, il tourna vers elle son visage impassible où les yeux gris d'acier étaient voilés, la bouche dure... Il resta tout aussi impénétrable et silencieux pendant le trajet de retour.

L'oncle Matt dormait lorsqu'ils arrivèrent et Jill passa l'après-midi dans sa chambre, à lire et étudier un manuel de plongée, en attendant l'heure du dîner. Comme celle-ci approchait, elle prit une douche, mit une robe en jersey de soie mauve pâle et, un peu plus sûre d'elle, descendit lentement en s'armant de courage pour l'inévitable affrontement qu'elle allait avoir avec Gordon.

Elle fut extrêmement soulagée de ne trouver que son oncle dans la bibliothèque. Il sirotait un cocktail.

– Avez-vous le droit de boire de l'alcool, oncle Matt? demanda-t-elle, inquiète.

Elle se l'était déjà demandé mais n'avait pas encore eu l'occasion de lui poser la question. Matt rit tout bas, tandis qu'elle l'embrassait sur la joue.

– Oui, ma chérie. Avec modération. Je ne me permets qu'un seul dry par jour. Gordon n'est pas encore rentré, alors, ce soir, c'est moi ton barman! Que veux-tu boire?

– Un verre de xérès, s'il vous plaît, oncle Matt.

Il était en train de servir le xérès quand le bruit du moteur d'une puissante voiture résonna dans l'allée. Naturellement, c'était Gordon. Jill attendit nerveusement qu'il apparaisse, s'efforçant de cacher son appréhension à Matt.

– J'ai fait une sieste beaucoup trop longue,

aujourd'hui, et je ne t'ai pas vue à midi. Comment s'est passée ta leçon?

Avant que Jill ait eu le temps d'ouvrir la bouche, Gordon, debout sur le seuil, lança d'une voix sèche :

– C'est justement ce dont je voulais vous parler, Matt!

– Ah? fit Matt, surpris et visiblement inquiet. Tu as eu des difficultés, Jill?

Encore une fois, l'intervention de Gordon l'empêcha de répondre. Décidément, il était plus exaspérant que jamais!

– Le respirateur de Dougherty a mal fonctionné, ce matin, et son arrivée d'air a été coupée. Ils ont dû partager celui de Jill pour remonter à la surface.

Ce résumé, débité sur un ton franchement accusateur, eut pour effet de faire asseoir brusquement Matt dans le premier fauteuil à sa portée.

– Mais comment?...

– Dougherty n'a pas dû vérifier assez consciencieusement son matériel, et si l'on ajoute à cela que son élève est allée nager toute seule, nous avons failli déplorer une mort, dit froidement Gordon, clouant Jill sur place de ses yeux durs.

La gorge serrée, elle était incapable de prononcer un mot pour sa défense. Il rendait l'incident particulièrement effroyable. Pourtant, il disait la vérité. Son oncle était tout aussi muet qu'elle, son regard allant d'elle à Gordon.

Gordon, naturellement, avait beaucoup à dire.

– J'ai l'impression que Dougherty n'a plus sa tête à lui, quand il s'agit de Mlle Taggert. Il était beaucoup trop tôt pour l'emmener en mer.

– Tu penses que Scott n'est pas le moniteur qu'il faut à Jill?

– Il ne l'est absolument pas!

– Alors, prends la relève, Gordon.

Gordon et Jill ouvrirent simultanément la bouche pour protester, mais Matt se leva avec agitation pour aller poser son verre sur le bar, en disant :

– Dès le début, je voulais que ce soit toi. Cette affaire prouve que j'avais raison.

Sa voix s'était durcie, et quand il se retourna vers eux, ils comprirent que sa décision était sans appel. Jill tenta cependant de le faire changer d'idée.

– Oncle Matt, je devrais peut-être interrompre mes leçons? Gordon est beaucoup trop occupé, il...

– Nous en avons déjà discuté. Il trouvera le temps. Mme Flemming est parfaitement capable de diriger le magasin toute seule.

Il jeta vers Gordon un regard désapprobateur qui contenait un message personnel. Il y avait là une espèce de sous-entendu que Jill ne comprenait pas. Elle pouvait seulement constater que Gordon avait déjà accédé aux vœux de Matt. C'était écrit sur sa figure, ainsi que l'irritation qu'il éprouvait à être ainsi manœuvré. Il fixa Jill, d'un air de dire : « Vous voyez ce que vous avez fait? »

John entra en traînant les pieds pour annoncer le dîner, et tous trois suivirent en silence sa silhouette voûtée. Dès que possible, Jill plaida la fatigue et, refusant dessert et café, courut se réfugier dans sa chambre.

L'idée d'avoir Gordon pour moniteur la terrifiait. Elle se disait qu'il lui faudrait rassembler tout son courage, car elle n'avait pas l'intention de renoncer aux leçons. Pas simplement à cause du plaisir de la plongée sous-marine : secrètement, elle s'était juré de devenir une monitrice qualifiée pour remplacer Scott lorsqu'il partirait, et aider ainsi son oncle au lieu d'être à sa charge. Elle espérait aussi rembourser au moins une partie des dix mille dollars extorqués à Matt par sa belle-mère.

Le lendemain matin, au petit déjeuner qu'elle prit dans la véranda avec son oncle et Gordon, elle eut un aperçu de ce qu'allait être son nouveau moniteur.

– Nous partons dès que vous aurez fini, dit-il avant de se replonger dans son journal.

– Nous partons? bredouilla-t-elle en fixant le journal derrière lequel il se cachait.

Abaissant les feuilles imprimées, il la regarda avec ironie.

– Oui. Pour le magasin. Pour vos leçons.

– Mais c'est dimanche?

– Comme vous êtes astucieuse! Oui, c'est dimanche et, comme vous l'avez souvent fait observer, je suis très occupé. C'est parce qu'aujourd'hui le magasin est fermé, que j'aurai le temps de me consacrer à votre instruction.

Matt intervint, surpris.

– Voyons, il n'est pas indispensable de commencer aujourd'hui!

– Pourquoi pas? Mlle Tag... Jill a exprimé le désir de ne pas perdre de temps et d'apprendre le plus vite possible. Après ce qui s'est passé hier, je pense qu'il est important qu'elle retourne immédiatement à la pratique en eau salée.

– Vous m'emmenez en plongée? s'exclama-t-elle, ahurie.

– Pas précisément. Je vais vous faire travailler sur la plage.

Un quart d'heure plus tard, ils étaient en route. Jill était maintenant si habituée à ces trajets silencieux qu'elle y faisait moins attention. « L'avantage, avec Gordon, c'est qu'on n'est pas obligé d'avoir une conversation brillante! », se disait-elle avec ironie en regardant défiler les pins et les palmiers.

Le magasin était désert, et dès que Gordon eut refermé la porte à clé derrière eux, ils se retirèrent chacun dans un vestiaire pour se changer. Jill le retrouva dans la réserve et eut encore un avant-goût de ce qui l'attendait.

– Que savez-vous des soins à apporter à votre équipement de plongée? demanda-t-il, d'un ton parfaitement impersonnel.

– Eh bien, après avoir plongé en eau salée, on doit rincer la combinaison à l'eau douce.

– Oui. Et ensuite?

– Quand elle est sèche, il faut la talquer et la ranger dans un endroit frais, sec et obscur.

– Bien. Et on ne graisse pas les fermetures à glissière?

Jill, à part elle, sourit du piège grossier. Il la prenait vraiment pour une idiote!

– Jamais! On ne se sert que d'un lubrifiant aux silicones.

– Très bien, mademoiselle Taggert! Désormais, vous vous occuperez vous-même de votre combinaison, dit-il en ouvrant un casier. Voici votre casier. Vous y rangerez votre combinaison et tout votre matériel. Prenez votre clé. Vous en êtes responsable. Dougherty ne sera pas là pour vous dorloter. Maintenant, équipez-vous. Je veux voir ce que vous savez faire.

Ils enfilèrent les brassières gonflables, les harnais des bouteilles, bouclèrent les ceintures à plombs et prirent les respirateurs. Jill remarqua que ces derniers étaient doubles, avec deux tuyaux et deux embouts séparés.

Gordon surprit son air étonné.

– Si vous aviez porté des respirateurs de ce type,

hier matin, expliqua-t-il patiemment mais avec une certaine dureté, Scott n'aurait pas été en danger. Il a fait là une grave erreur. Ce qui prouve bien que j'ai raison et que son jugement est brouillé quand il s'agit de vous.

– On laisse pendre librement le second embout ?

– Oui.

Gordon tendit ses palmes à Jill et sortit de la pièce pour traverser le magasin, jusqu'à la porte de verre. Puis elle le suivit sur la plage où les vagues s'écrasaient dans un bouillonnement d'écume. Il se tourna vers elle.

– Mettez vos palmes et préparez-vous à entrer dans l'eau.

Elle obéit en silence, remonta les brides derrière ses talons et marcha à reculons dans la mer jusqu'à ce qu'elle ait de l'eau à la taille. Gordon fit de même et s'arrêta à côté d'elle.

– Très bien. Faites-moi une démonstration de la technique antinoyade.

Jill nagea jusqu'où elle n'avait plus pied et prit la position de « l'homme mort ». Submergée, suspendue verticalement dans l'eau, le visage juste sous la surface, elle laissait pendre mollement ses bras et ses jambes. On lui avait appris que cela s'appelait aussi la « position de repos ». Son but était de permettre à un nageur épuisé, très loin au large, de flotter très longtemps en attendant d'être secouru. Ensuite, Jill se prépara à respirer. Elevant lentement les bras juste sous la surface, elle écarta les jambes et s'apprêta à ruer. Du coin de l'œil, elle voyait Gordon qui l'observait, à une certaine distance sous l'eau. Abaissant les bras tout en détendant brusquement ses jambes, elle fut propulsée à la surface, juste pour que sa bouche émerge. Ayant expiré un instant avant, elle aspira par la bouche et retomba en position de repos. Elle savait qu'elle avait aspiré la bonne quantité d'air, car elle n'eut pas de difficulté à couler, pas plus qu'elle ne plongea trop profondément. Un rapide coup d'œil à Gordon lui apprit qu'il était satisfait de la démonstration car il leva le pouce pour lui signaler qu'elle pouvait remonter. Ils refirent surface ensemble, à quelques mètres l'un de l'autre.

– C'est bien, dit-il en guise de félicitations. Maintenant, je suis un nageur épuisé, en pleine panique. Sauvez-moi.

Sur ce, il coula à pic en se débattant désespérément.

Instantanément, Jill fut à côté de lui, la main tendue vers la capsule de gaz comprimé intégrée dans la brassière gonflable de Gordon. Après avoir déclenché le gonflage, elle commença à remorquer le poids mort du « noyé » à la surface. C'était dur, mais pas impossible. Il ne l'aida pas du tout, rendant au contraire le sauvetage le plus difficile possible, ce qui encouragea Jill.

En émergeant, elle comprit tout de suite qu'il n'était pas question d'employer la technique consistant à tenir sa tête entre ses palmes, en nageant sur le dos; Gordon était trop grand et trop lourd pour cela. Elle s'assura alors qu'il avait le visage hors de l'eau, lui ôta le masque pour lui donner plus d'air et, nageant d'un bras, sur le côté, elle saisit le col de la brassière de sauvetage pour le traîner derrière elle. Ce n'était pas commode, mais au bout d'une quinzaine de mètres, quand elle sut qu'elle avait pied, elle se mit debout tout en continuant à maintenir à la surface le corps inerte de Gordon. Aussitôt, il se leva et lui fit face.

– Eh bien, là, vous m'étonnez! Je peux même dire que vous me stupéfiez, dit-il d'un ton ironique.

– Pourquoi? demanda-t-elle avec méfiance.

– Franchement, je m'attendais à ce que vous ne sachiez rien.

– Que pensiez-vous que nous faisions, pendant tout ce temps? demanda-t-elle avec hauteur.

A nouveau, elle le regretta aussitôt car il rejeta la tête en arrière et éclata de rire.

– Qu'est-ce que je pouvais penser? Les seules fois où je vous ai vus ensemble, Dougherty vous serrait dans ses bras. Autant que je sache, vous passiez votre temps à flirter. C'est probablement la cause de l'erreur de Dougherty, hier. Vous l'avez ensorcelé et il ne sait plus ce qu'il fait. C'est ainsi que manœuvrent les filles comme vous...

Jill ne put supporter d'en entendre davantage. Outrée, elle leva la main et le gifla à toute volée, arrêtant net ces paroles insultantes. Elle espérait de tout son cœur que la joue rougie de Gordon lui faisait aussi mal qu'à elle, le creux de sa main. Comment pouvait-on avoir une mâchoire aussi dure? Soudain affolée par sa réaction instinctive à l'injure, elle vit un muscle palpiter sur sa joue alors qu'il lui empoignait les épaules.

– Ah, vous aimez les jeux de mains? gronda-t-il entre ses dents serrées.

Elle voulut se débattre, se dégager, mais sa palme droite buta contre le fond et elle tomba en avant, contre lui. Gordon s'écroula à la renverse, l'entraînant dans sa chute.

Ses mains étaient toujours crispées sur les frêles épaules de Jill et, sans le vouloir, il la tira sous la surface avant qu'elle ait eu le temps d'emplir ses poumons. Battant frénétiquement des bras, elle s'efforça de se relever en repoussant la poitrine de

Gordon, l'enfonçant encore davantage. Le poids des bouteilles acheva le désastre.

Ce fut uniquement grâce à sa remarquable condition physique qu'il put se glisser sous elle et se relever. Il la saisit sous les bras et la hissa sans cérémonie pour la remettre debout, tremblante devant lui. Elle était pitoyable, grelottante, ruisselante d'eau salée, et respirant péniblement.

Gordon la maintenait fermement quand, épuisée, elle se laissa aller contre lui. Lui soulevant le menton, il scruta son visage :

– Ça va?

Trop secouée pour parler, elle hocha la tête, levant vers lui ses yeux lumineux étonnés. Avait-elle cru percevoir du souci, de l'intérêt dans la voix grave? Lentement, les lèvres viriles si bien ciselées descendirent vers elle, et posèrent sur sa bouche un baiser aussi doux que l'air frais qui emplissait ses poumons.

La passion accrut la pression de cette bouche et Jill fut emportée dans un tourbillon de sensations. Ce baiser était une mer tumultueuse, une vague de fond déferlant sur elle. Les mains glissèrent de ses épaules à son torse, à sa taille, l'enlacèrent, la serrèrent à l'étouffer. Mais au lieu d'être effrayée comme elle l'avait été tout à l'heure sous l'eau, elle trouva cette torture-là délicieuse. Les mains fortes de Gordon moulèrent plus étroitement ses hanches contre lui et les lèvres dures devinrent plus exigeantes tandis que celles de Jill s'entrouvraient.

Soudain, elle fut atterrée par l'intensité de sa réaction et elle repoussa de toutes ses forces le torse musclé, en se renversant en arrière pour arracher sa bouche au baiser.

Ses yeux de bleuet fulgurèrent de répulsion. Les bras de Gordon retombèrent et il recula.

– Ceci est la fin de notre première leçon, déclara-t-il.

Sur ce, il arracha ses palmes et pataugea vers la plage. Jill retrouva alors l'usage de la parole pour protester.

– Mais je n'ai rien appris, aujourd'hui!

Gordon s'arrêta, se retourna et la toisa avec un mépris évident.

– Moi, je crois que si, dit-il avant de repartir vers le magasin.

Jill s'accorda quelques minutes pour rassembler les lambeaux de sa dignité et ses pensées en déroute. Enfin, elle ôta ses palmes et sortit de l'eau.

Dans le magasin, elle se glissa dans le vestiaire, espérant que Gordon en aurait fini dans la réserve quand elle serait prête à partir. Elle remplit une grande bassine d'eau fraîche et y mit sa combinaison à tremper, pendant qu'elle enfilait son jean et son T-shirt. Puis elle se rendit à contrecœur dans la réserve et, naturellement, y trouva Gordon.

Sans un mot, ils accrochèrent leurs combinaisons sur des cintres de bois et rangèrent masques, palmes et respirateurs. Jill fut tout de même obligée de demander :

– Comment est-ce que je peux talquer ma combinaison si elle n'est pas sèche?

Evitant soigneusement de la regarder, il répondit :

– Vous le ferez demain, avant de la remettre. Le talc vous permettra aussi de l'enfiler plus aisément.

– Ah oui! Bien sûr.

Gordon éteignit et la précéda vers la voiture.

Il ne mit pas immédiatement le contact mais resta un moment assis, les doigts pianotant sur le volant, les yeux dans le vague. Assise près de lui, Jill se sentit nerveuse.

– Mademoiselle Taggert, dit-il enfin, et elle se dit que s'il l'appelait toujours ainsi quand ils étaient seuls, c'était pour la tenir à distance. Demain, nous commencerons officiellement nos leçons. Dès que nous arriverons, dans la matinée, nous nous équiperons et nous descendrons sur la plage. Quand nous aurons fini, vous prendrez la voiture pour rentrer. Mme Flemming me raccompagnera.

Il démarra, sans un mot de plus.

Jill passa le reste de la journée à lire les journaux et à jouer aux échecs. C'était le jour de congé de Consuelo et, avec Matt, ils accommodèrent des restes pour le dîner. Les idées de Matt frisaient l'absurdité et ils passèrent de bons moments à rire et à discuter. Lorsque tout fut prêt, Gordon lui-même dut reconnaître que le résultat, qu'ils baptisèrent « Poêlon flambé de Matt », n'était pas mauvais du tout.

Jill ne savait pas ce que Gordon avait dit à son oncle sur leur leçon du matin, mais cela avait dû suffire car il ne lui posa aucune question. Elle dormit bien mieux que la nuit précédente, aidée en cela par sa résolution de ne pas se laisser décontenancer par Gordon, et d'être la meilleure élève qu'il ait jamais vue.

Le lundi matin, la leçon se passa très calmement. Gordon apprit à Jill diverses choses dont Scott avait omis de lui parler.

Alors qu'ils étaient sur la plage, s'apprêtant à entrer dans l'eau, il lui demanda :

– Que savez-vous de la narcose azotée?

– La narcose azotée? répéta-t-elle en secouant la tête. Je n'en sais rien du tout.

– On l'appelle aussi l'ivresse des profondeurs.

Mettez vos palmes, ajouta-t-il, et il poursuivit ses explications pendant qu'ils entraient à reculons dans l'eau. Cela survient à des profondeurs de soixante mètres ou plus, quand l'azote s'accumule dans l'organisme du plongeur; il provoque de curieuses extases, une sorte d'ivresse. Un des plongeurs de Cousteau a abandonné son embout à cent vingt mètres de profondeur, croyant qu'il pouvait respirer sous l'eau sans l'aide des bouteilles...

– Il est mort? s'écria Jill, horrifiée.

– Oui. Naturellement, il est probable que vous ne plongerez jamais à de telles profondeurs, mais tout plongeur doit connaître les risques de cette ivresse. Aujourd'hui, je veux aussi m'assurer que vous connaissez bien les courants, que vous savez comment vous en défendre et comment les utiliser.

Pendant le reste de la matinée, et cela jusqu'au mercredi, il lui fit répéter ce que Scott lui avait déjà appris, pour être bien certain qu'elle était prête à plonger en mer.

Scott était absent, et Jill apprit par Yvonne qu'il prenait une semaine de vacances, du côté de Miami et de Fort Lauderdale. Etait-ce sur une suggestion de Gordon?

Le lundi suivant, alors qu'elle était chez son oncle depuis quinze jours, elle se rendit compte qu'elle se sentait chez elle dans la maison, comme si elle y avait toujours vécu. Il lui paraissait tout naturel de se réveiller dans la chambre aux lilas, tout naturel d'embrasser son oncle chaque matin. Même le trajet en voiture avec Gordon jusqu'au magasin était devenu une sorte de routine. Elle se demandait s'il pourrait un jour parler normalement avec elle, et se disait que non. Elle se demandait aussi s'il avait reçu des nouvelles de ses enquêteurs. Mais peut-être avait-il renoncé à ses investigations, en voyant que son oncle la considérait réellement comme la nièce qu'on avait crue morte?

Gordon interrompit soudain ses réflexions.

– Scott Dougherty revient aujourd'hui, lui dit Gordon ce matin-là. Je vous conseille de vous souvenir de ce que je vous ai dit de lui.

Le premier mouvement de Jill fut de lui conseiller à son tour de se mêler de ses affaires mais, se souvenant de leurs précédentes altercations, elle se tut, sachant qu'elle n'aurait pas le dessus.

– Oui, monsieur Darrel, murmura-t-elle, si humblement qu'il lui jeta un coup d'œil méfiant.

8

Jill avait un peu craint que ses relations avec Scott ne soient plus les mêmes, mais c'était oublier qu'il avait un caractère affable. Après ses vacances, dès qu'elle entra dans le magasin, il l'accueillit comme s'il ne s'était rien passé.

– Salut, Jill! Ça va?

Il dit ces mots en contemplant attentivement son visage surpris.

– Très bien, Scott, répondit-elle un peu nerveusement, consciente de la présence de Gordon derrière elle. Je... je dois me préparer pour ma leçon.

Elle se dirigea vers les vestiaires. Scott devait déjà être au courant de la situation car il la laissa passer. Elle fut suivie par son nouveau moniteur qui, dès que la porte fut refermée sur eux, reprit ses manières irritantes et lui dit :

– Très bien, mademoiselle Taggert. Voilà qui devrait le remettre à sa place.

Jill pivota pour lui faire face, tel un petit animal furieux acculé dans un coin.

– Monsieur Darrel! Si vous vous contentez d'être mon moniteur et rien de plus, nous nous entendrons très bien!

Sa brusque fuite dans le vestiaire des dames empêcha Jill de voir l'air ahuri de Gordon.

Quelques minutes plus tard, quand elle le rejoignit pour s'équiper, il l'étonna en lui annonçant :

– Matt va passer dans quelques minutes pour nous accompagner dans le bateau.

– Le bateau?

– Oui. Nous allons plonger à la crique, pour voir si votre technique est meilleure que la dernière fois.

Précipitamment, elle boucla toutes ses courroies, prit ses palmes et entra dans le magasin au moment même où Matt y entrait.

– Eh bien, Jill, s'exclama-t-il joyeusement, Gordon te juge prête à plonger? Bravo! Bravo!

Il battit des mains et s'adressa à Gordon qui sortait du bureau, suivi d'Yvonne qui semblait dépitée.

– Alors? Nous sommes prêts?

– Oui, oui, répondit-il, puis s'adressant à Yvonne : Nous serons de retour dans moins d'une heure. Je rappellerai ce représentant tout à l'heure.

Tout se passa à merveille. Gordon pilota le bateau vers la crique, mouilla l'ancre, jeta la balise et précéda Jill dans l'eau. Ils descendirent ensemble et nagèrent vers le fond qu'ils atteignirent en même temps. Gordon indiqua la direction qu'ils allaient prendre et prit les devants.

A cette profondeur, l'eau était d'un bleu limpide et, en nageant dans le sillage de Gordon, Jill distinguait la formation rocheuse marquant le commencement du récif. Il s'arrêta près d'un éperon de coraux, certains en forme d'arbustes, d'autres imitant les circonvolutions du cerveau humain. Des éponges recouvraient quelques rochers. Gordon désigna une crevasse d'où émergeait une vilaine tête ovale aux gros yeux globuleux, qui se réfugia aussitôt dans sa cachette. Jill reconnut un poisson de la famille des murènes. Elle s'arrêta brusquement, refusant d'approcher ce dangereux habitant des profondeurs. Gordon parut amusé. Il continua à nager, lui montrant diverses choses intéressantes, des poissons rose-rouge, les argentés à bandes jaunes qu'elle avait déjà vus et des centaines d'autres. Tous ces poissons ne semblaient pas inquiets de l'intrusion des nageurs dans leur domaine, s'approchant même d'eux avec curiosité pour les voir de près. A un moment, ils virent une raie manta, agitant avec grâce ses larges nageoires semblables à des ailes de chauve-souris. De loin, Jill admira la souplesse de ses mouvements.

Le temps passa trop vite pour elle, et elle fut déçue quand Gordon fit le signe de la remontée. Ils nagèrent ensemble vers la surface et Matt aida Jill à monter à bord, pendant que Gordon s'y hissait tout seul avec agilité.

– Alors, comment était-ce? demanda Matt.

– Merveilleux!

Le vent soulevait les cheveux humides de Jill et ses yeux étincelaient de joie. Sous l'eau, alors qu'ils ne pouvaient pas parler, Gordon et elle avaient été obligés de faire équipe, de penser à leur intérêt commun, et elle se rendait compte qu'elle en avait été très heureuse.

Matt se tourna vers Gordon.

– Comment était-elle? cria-t-il dans le bruit du moteur.

Gordon eut l'air de réfléchir et Jill retint sa respiration, impatiente de connaître sa réponse.

– Votre nièce est une bonne élève, dit-il enfin. Elle a tout pour devenir une excellente plongeuse. Elle a du sang-froid, elle est forte, elle nage bien. Ne vous faites aucun souci.

Après ce surprenant aveu, il se consacra uniquement au pilotage du bateau vers la jetée. Matt serra les épaules de Jill.

– Bravo, ma petite fille, dit-il fièrement.

Jill était stupéfaite. Des félicitations publiques de Gordon! Cela dépassait ses espoirs les plus fous. Elle contempla son large dos avec une sorte de joie qu'elle n'avait encore jamais connue. Et elle resta comme en transe jusqu'à leur retour au magasin. Un instant, son regard avait croisé celui de Gordon dont les yeux gris insondables lui avaient parus ouverts et francs. Ce qu'elle y avait vu la déroutait. Etait-il possible qu'il commence à changer d'opinion à son égard?

Scott les attendait à la porte, visiblement anxieux. Les premiers mots de Matt le rassurèrent.

– Elle a été parfaite, Scott. Gordon l'a dit. Ils ont fait une bonne plongée.

– C'est épatant, Jill, dit Scott en l'entraînant à l'écart, et il ajouta plus bas, dès que Gordon fut passé : Dites, vous voulez bien dîner avec moi ce soir?

– Oh, Scott, je...

Elle hésita. Que faire? Si elle acceptait, Gordon redeviendrait sûrement odieux. D'un autre côté, il n'avait aucun droit de lui dicter sa conduite. C'est pourquoi elle répondit résolument :

– Avec plaisir. A quelle heure?

– Je passerai vous prendre à six heures. Mettez quelque chose de joli...

Il la quitta, car des clients venaient d'arriver.

Matt était dans le bureau et Jill courut se changer. Gordon avait déjà rincé et accroché sa combinaison dans la réserve. Elle espéra qu'il était encore dans le vestiaire des hommes et qu'elle pourrait éviter de le revoir.

Se sentant un peu comme une évadée de prison,

elle rejoignit son oncle et John, qui prenaient une tasse de café dans le bureau, avec la secrétaire, puis tous trois retournèrent à la maison pour déjeuner.

Quand elle parla à Matt de l'invitation à dîner de Scott, il ne manifesta rien de l'anxiété annoncée par Gordon, bien au contraire.

– Voilà qui est très bien, ma chérie. Ça va te faire du bien de sortir avec un jeune homme, plutôt que de passer tout ton temps avec un vieux bonhomme comme moi.

– Voulez-vous ne pas parler ainsi! protesta-t-elle avant de se lever pour aller l'embrasser. Je vous aime et j'adore être avec vous. Si vous ne voulez pas que je sorte, je n'irai pas. Mais je n'avais vraiment aucune raison de refuser l'invitation de Scott, n'est-ce pas?

La main ridée de son oncle tapota ses doigts fuselés et lisses comme de l'ivoire.

– Et je suis content que tu ne l'aies pas fait. J'aimerais que tu sortes plus souvent. Que tu visites la région, dit-il en repoussant sa chaise pour sortir de la salle à manger. Je crois que toute cette surexcitation de ce matin m'a fatigué, ma chérie. Je vais monter me reposer un moment.

– Et moi je vais faire une promenade... Descendre jusqu'à la plage, peut-être.

– Bonne idée! approuva Matt.

Là-dessus, il monta au premier, suivi des yeux par Jill qui attendit qu'il soit entré dans sa chambre.

Dehors, elle choisit de suivre le sentier qui partait de derrière la maison pour descendre jusqu'à la plage. Le ciel était d'un bleu magnifique et elle entendait le murmure des vagues devenir de plus en plus fort au fur et à mesure qu'elle approchait. Longeant le sentier entouré de hautes herbes qui ondulaient dans le vent léger, elle se retrouva bientôt sur le sable doré. Elle s'assit tout près de l'eau pour observer les vagues et les mouettes tournoyant dans le ciel qui emplissaient l'air de leurs cris plaintifs.

L'écume se déployant sur la plage lui rappela le premier jour où Gordon était devenu son nouveau moniteur. Ses joues s'empourprèrent au souvenir de ce baiser ravageur et de son propre abandon. Pourquoi l'avait-il embrassée? C'était vraiment étrange de la part d'un homme qui prétendait se méfier d'elle et qui la tenait soigneusement à distance. Elle eut soudain une curieuse sensation au creux de l'estomac et se releva vivement, très agitée. L'isolement des plages désertes ne lui valait rien, si cela devait ramener ses pensées à Gordon. A contrecœur, elle remonta vers la maison.

Le courrier était déposé dans la boîte aux lettres, au bord de la route, où John ou Consuelo allait le chercher. Il était ensuite placé sur une console de marbre, dans le vestibule, en piles séparées pour Matt et Gordon. Jill avait remarqué distraitement cette habitude, et cet après-midi, en entrant, elle avisa une enveloppe toute seule à côté des deux piles. Une lettre pour elle! Le nom et l'adresse de Me Formby figuraient au dos, et Jill l'ouvrit précipitamment.

La vente aux enchères avait eu lieu et l'avoué lui demandait ce qu'il devait faire des quelques objets qui restaient sa propriété. Voulait-elle qu'il les lui envoie ou qu'il les mette au garde-meubles?

Elle s'aperçut, avec consternation, qu'elle n'en savait vraiment rien. Pour le moment, sa vie était sans attaches. Combien de temps resterait-elle chez son oncle Matt? Elle avait le cœur gros à l'idée qu'elle devrait en partir un jour. Le plus logique, évidemment, serait de faire placer ces objets au garde-meubles, mais cela coûterait finalement plus cher qu'ils ne valaient... Cependant, certains avaient appartenu à sa mère, il y avait un vieil album de photos de famille, la grosse montre de son grand-père, quelques petits meubles auxquels elle était sentimentalement attachée. Oui, tout cela valait la dépense. Ce qui signifiait qu'elle devait se dépêcher de devenir monitrice de plongée, si elle voulait gagner de l'argent.

Matt se leva vers 3 heures, et elle joua aux échecs avec lui dans la véranda, jusqu'à ce que vienne l'heure pour Jill de se préparer pour sa soirée. Un peu avant l'heure indiquée par Scott, elle redescendit rejoindre son oncle à la bibliothèque. Heureusement, Gordon était en retard et elle espérait de tout son cœur qu'elle serait partie avant son arrivée.

– Eh bien! Comme nous voilà belle! s'exclama Matt dès qu'elle entra.

Jill avait mis un soin particulier à sa toilette. Elle portait une robe rouge qui faisait ressortir le bleu de ses yeux et le noir lustré de son petit casque de cheveux lisses. Retenue par deux petits nœuds sur les épaules, elle était serrée à la taille par une large ceinture drapée. La jupe ample était imprimée de fleurs blanches avec de petites touches bleu pâle, ce qui donnait à l'ensemble une atmosphère exotique.

Scott la regarda avec admiration, lorsqu'il se présenta, quelques minutes plus tard.

– Mmmm, vous êtes vraiment chouette, dit-il en l'aidant à monter dans sa petite MG verte un peu cabossée.

Jill s'était attendue à quelque chose d'un peu plus distingué, de la part de l'élégant Scott Dougherty.

Elle s'installa et, quand ils s'engagèrent dans l'allée, elle lui demanda où il l'emmenait.

– Dans un endroit spécial, vous verrez. Vous aimez les fruits de mer?

– Je les aimais, mais j'ai vu tant de poissons aujourd'hui que je ne sais pas si j'aurai le cœur d'en manger, répondit-elle avec un petit rire qui s'étrangla dans sa gorge quand la MG croisa la Mercedes juste avant d'arriver au portail.

Jill eut le temps de voir la figure sombre de Gordon se tourner vers eux d'un air surpris. Scott agita une main désinvolte et elle s'enfonça plus profondément dans son siège avec un pressentiment de catastrophe.

Pourquoi avait-il fallu qu'il arrive juste à ce moment? Pourquoi n'étaient-ils pas partis plus tôt? Et est-ce qu'il l'attendrait quand elle rentrerait, ce soir? Cette dernière question provoqua en elle un singulier mélange de peur et d'exaltation qui la fit presque suffoquer. Mais Scott lui parlait :

– Non, sérieusement, vous aimez ça? demandait-il.

Elle le regarda sans comprendre.

– Pardon?

– Les fruits de mer, précisa-t-il en lui jetant un coup d'œil de travers, comme si elle était une enfant particulièrement stupide.

– Oui, oui... répondit-elle.

Le restaurant choisi par Scott était situé dans une marina et on les installa sur une terrasse en partie fermée, d'où ils pouvaient voir toutes sortes de bateaux de plaisance danser sur l'eau. Les derniers rayons du soleil illuminaient les dîneurs et une brise marine au goût de sel soulevait les pans des nappes empesées. Dans cette atmosphère détendue, tandis que le léger clapotis des vagues sous les jetées de bois se mêlait au tintement de la glace dans les verres, Jill put enfin chasser Gordon de son esprit.

Scott commanda le repas et les vins avec une aisance d'homme du monde. Jill se sentit dorlotée et admirée. Tandis qu'ils savouraient les énormes langoustines grillées suivies de coquilles Saint-Jacques admirablement préparées, Scott parla de ses vacances.

– Je suis allé à la bibliothèque de l'université de l'Etat de Floride. On peut y consulter des cartes où sont signalés les trésors engloutis. C'est là que j'ai lu un récit particulièrement intéressant d'un naufrage dans nos parages, celui d'une flotille de galions espagnols rapportant des richesses des Indes occidentales. Elle s'est échouée sur des hauts-fonds, au large de la Floride, en 1715. Il paraît qu'elle transportait pour quatorze millions de dollars de trésors!

– Vraiment? Et où a-t-elle fait naufrage?

– Près de la crique Sebastien, au sud du cap Canaveral. Depuis des années, le bruit court qu'on trouve des pièces espagnoles rejetées par la mer sur la plage, parfois enfouies dans le sable...

– Mais on n'a jamais découvert les vaisseaux naufragés?

– Oh si! Vers la fin des années cinquante, un homme intrépide a organisé une coûteuse opération et il a réussi à localiser l'emplacement du naufrage. Il a ramené à la surface des milliers de dollars de lingots d'or et d'argent, des bijoux, des pièces et même de la porcelaine chinoise très ancienne!

– Alors, que reste-t-il à chercher?

– Il peut y avoir d'autres trésors... Mais même sans cela, j'ai vraiment envie de faire une plongée dans un vaisseau naufragé. J'ai l'intention d'y aller demain après-midi, puisque je n'ai pas d'élèves.

Jill fut immédiatement intéressée. Elle se pencha en avant, les yeux brillants.

– Demain, Scott? Est-ce que je pourrais aller avec vous?

Il hésita un instant puis haussa les épaules.

– Pourquoi pas? Nous sommes un petit groupe, deux camarades et moi, mais le nombre de participants ne peut qu'accroître la sécurité. Soyez prête vers midi, avec votre équipement. Nous partirons directement du magasin. Faites-vous préparer un panier-repas par la cuisinière de Matt, quelque chose de léger.

– Oh! Scott... Comme je suis heureuse! C'est magnifique!

– Doucement! Du calme! Il y a de fortes chances que nous ne trouvions rien du tout. D'autant que dans ces parages, la visibilité n'est pas bonne. On n'y voit rien à plus de trois mètres, en moyenne.

– Ah? fit Jill, un peu déçue, mais pas longtemps. Ça ne fait rien! Ce sera quand même passionnant.

– Sûrement. Et maintenant, que voulez-vous comme dessert?

– Rien, merci. Je ne suis pas très portée sur les douceurs, répondit Jill avec simplicité.

– Voilà qui explique cette ligne idéale, murmura-t-il galamment. Eh bien, dans ce cas, si nous partions?

Ils quittèrent la terrasse que le soleil couchant baignait d'une lumière rose. Et Scott l'emmena sur le quai et la jetée, pour admirer les yachts tirant doucement sur leurs amarres, comme s'ils avaient hâte de reprendre la mer. Il y en avait d'immenses, de véritables petits paquebots, qui avaient probablement coûté plus d'argent que Jill ne pouvait l'imaginer.

Quand ils revinrent à la petite voiture verte, il faisait nuit.

– Voulez-vous que nous allions ailleurs? proposa Scott avant de démarrer.

Jill était délicieusement alanguie par l'excellente cuisine et le bon vin. Elle tourna vers lui sa tête appuyée contre le dossier du siège.

– Non, sincèrement non. Si je dois prendre ma leçon avec Gordon demain matin et participer à votre expédition dans l'après-midi, il vaut mieux que je me couche de bonne heure.

– C'est la sagesse même, approuva-t-il en l'embrassant légèrement sur les lèvres.

Ce baiser fut assez agréable, mais Jill s'aperçut, avec un petit choc, qu'il ne suscitait aucun des enivrants frissons provoqués par celui de Gordon. Cela lui rappela qu'il l'attendait certainement à la maison. Il n'allait sûrement pas laisser passer sans réagir cette désobéissance à l'ordre qu'il lui avait donné d'éviter Scott. Et l'appréhension de Jill ne fit qu'augmenter pendant le trajet du retour.

Scott, pensant peut-être que son silence était dû au baiser qu'il lui avait donné, ne dit rien jusqu'à ce qu'il arrête la MG devant le perron.

Il l'embrassa encore, brièvement, sur les marches où il la laissa, car elle lui dit qu'il était vraiment inutile qu'il entre. En réalité, elle ne savait pas du tout ce qui la guettait derrière la porte et elle voulait avoir quelques minutes à elle pour s'armer de courage.

Scott reprit le volant et démarra. Elle suivit des yeux les feux arrière de la voiture de sport jusqu'à ce qu'ils disparaissent au tournant de la longue allée puis, aspirant profondément, elle saisit le bouton de la porte.

Le battant lui fut arraché des mains et la porte s'ouvrit violemment, tirée de l'intérieur par Gordon dont les yeux gris brillaient comme des éclats de glace au clair de lune.

– Entrez, mademoiselle Taggert, dit-il avec un calme menaçant.

Relevant le menton, Jill franchit le seuil et attendit pendant qu'il refermait la porte. Elle était résolue à ne pas prendre un air contrit, car c'était sûrement ce qu'il attendait.

– Je vois que vous avez négligé mes conseils, à propos du jeune Dougherty, dit-il froidement en la dominant de toute sa taille.

– Ce n'était pas des conseils mais plutôt... un édit royal, monsieur Darrel, répliqua-t-elle avec mépris.

Il fronça les sourcils, sa bouche dure se pinça et il parut grandir soudain de quinze centimètres.

– Vraiment? C'est ainsi que vous les avez pris? Je vous assure que je n'ai ni l'envie ni le pouvoir de vous donner des ordres. Je cherchais seulement à vous protéger. Mais si vous préférez vous lancer dans une aventure stupide, c'est votre affaire.

– Je suis heureuse que nous nous comprenions enfin, monsieur Darrel. Et maintenant, excusez-moi, je...

Elle voulut se diriger vers l'escalier, mais la main bronzée de Gordon lui toucha le bras. Surprise, elle demanda sèchement :

– Oui? Vous avez autre chose à dire?

Son ton indiquait clairement qu'elle n'avait aucune envie de poursuivre cette conversation à propos de Scott, mais ce n'était pas à lui que pensait Gordon car il répliqua :

– Oui. Avez-vous des projets pour demain soir?

Il avait une expression réservée si énigmatique que ce fut avec une appréhension mêlée de curiosité que Jill murmura :

– Pourquoi?

– Eh bien, je... je pensais que vous accepteriez peut-être de dîner dehors avec moi.

Jill s'était attendue à tout sauf à cela et, pendant un instant un peu fou, elle regretta de ne pouvoir accepter. Mais le lendemain, elle plongeait avec Scott et elle ne voulait à aucun prix que Gordon le sache.

Il eut un mouvement d'impatience en voyant qu'elle hésitait. Elle se ressaisit et refusa, le plus froidement qu'elle le put.

– Je regrette, mais demain, je suis prise. Je...

– Scott? lança-t-il.

– Eh bien... oui, nous...

– Vous n'écoutez jamais ce qu'on vous dit, n'est-ce pas?

Mais avant qu'il ne reparte dans ses avertissements et ses admonestations, elle lui coupa la parole avec colère.

– Monsieur Darrel, je crois que nous avons épuisé ce sujet. Vous avez dit que vous ne vouliez pas me donner d'ordres? Il me semble donc que nous n'avons plus rien à nous dire. Je vous remercie de votre invitation, mais demain je suis prise. Voilà tout. Et maintenant, comme il est tard et que j'ai une leçon dans la matinée, je vous dis bonsoir.

Elle se tourna vers l'escalier et monta posément. Mais elle sentait le regard glacial de Gordon comme un couteau planté dans son dos.

9

Le lendemain, après une matinée d'épreuves écrites avec Gordon, où Jill révéla une parfaite connaissance de tous les règlements, elle alla retrouver Scott qui rassemblait son matériel dans la réserve.

– Prête? demanda-t-il en baissant les yeux sur le sac de plage qu'elle portait.

– Oui, bien sûr! Il nous faut combien de temps pour aller là-bas?

– Une heure environ. Il n'y aura pas de cabine ni rien, vous savez. Vous avez votre maillot, là-dessous?

– Oui. Et mon masque, mes palmes, mon respirateur et ma combinaison sont dans le sac.

– Bien. Alors, on y va. Je range ces bouteilles dans la voiture et nous partons.

Il la conduisit dans le parking vers une Land-Rover, cette fois. Deux garçons y étaient déjà installés. L'arrière était chargé de matériel de plongée, d'un grand sac, d'une espèce d'immense valise et d'un petit moteur de hors-bord.

Jill et Scott montèrent à l'arrière et, les présentations faites, le véhicule démarra. Les deux autres – l'un avait entre 35 et 40 ans et s'appelait Nick, l'autre, Mike, devait avoir l'âge de Jill – causèrent avec Scott de l'expédition projetée pendant que Jill regardait défiler le paysage de Floride. Au bout d'un moment, Scott lui conseilla de manger ses sandwiches, car les autres avaient déjà déjeuné.

Ils arrivèrent enfin au site du naufrage. Une longue bande de sable doré séparait palmiers et fourrés des brisants. L'Océan était bien plus agité ici que dans la paisible petite crique et, pendant un instant, Jill perdit un peu de son assurance. Mais un bref regard aux trois hommes forts avec qui elle allait plonger la rassura.

Nick et Scott vidèrent le sac pendant que Mike ouvrait la valise géante. Et en quelques minutes, ils gonflèrent une embarcation pneumatique avec un fond de planches et y montèrent le moteur de hors-bord à l'arrière.

Quand tous quatre furent en combinaison et entièrement équipés, ils poussèrent le canot au-delà des brisants, se hissèrent à bord et démarrèrent, mettant le cap sur une destination inconnue de Jill. Elle ne voyait pas comment ils pouvaient repérer un endroit dans cet océan tumultueux, mais ils devaient savoir où ils allaient car au bout d'un petit moment, le moteur fut coupé, une ancre mouillée, la balise de plongée larguée et tous les quatre se mirent à l'eau.

Dès le début, Jill s'aperçut que les conditions étaient ici très différentes de ce qu'elle connaissait jusqu'ici. Comme l'avait dit Scott, la visibilité était réduite et l'eau n'était pas bleue mais d'un vert brunâtre, à cause des algues agitées par de violents courants.

Pendant leur descente, en groupe compact, les courants les malmenèrent parfois, comme s'ils n'étaient que des fétus de paille. Des algues, des bulles, des nuages de sable foncé tourbillonnaient autour d'eux, donnant à Jill l'impression désagréable d'être prisonnière, avec les autres, dans une colossale bouteille d'eau salée secouée par la main d'un géant.

Et soudain, le fond apparut et les trois hommes s'entretinrent par gestes. Puis ils se mirent à nager dans la direction décidée, Scott gardant un œil sur Jill. Elle eut presque peur lorsqu'un long objet cylindrique surgit devant elle. Mais elle reconnut vite un canon, submergé depuis des siècles et gisant dans un splendide isolement. Il était impossible d'en voir davantage. Ils nagèrent un moment en rond, découvrirent d'autres canons mais rien de plus intéressant.

La mer devenait de plus en plus agitée. Jill restait soigneusement tout près des autres, quand brusquement un fort courant les dispersa, comme une main puissante qui aurait semé des graines à la volée. Et Jill se trouva perdue, isolée dans un univers d'eau verte et de sable. Luttant contre la panique, elle jugea que le plus sage était de remonter, de retrouver le bateau et d'y attendre les autres.

Elle émergea à la surface, à plusieurs mètres de la légère embarcation pneumatique. Elle nagea difficilement, dans la houle, vers le bateau qui dansait en tous sens sur les rouleaux, et elle eut du mal à se hisser sur le bord pour retomber, haletante, dans le fond. Secouée de tous côtés, elle espérait que ses compagnons ne tarderaient pas trop. Le ciel s'assombrissait, annonçant une tempête prochaine.

Enfin, ils apparurent, faisant tous les trois surface en groupe près de l'embarcation. Jill tendit une main à Nick qui, à son tour, aida ses camarades.

– On dirait un sale grain, grogna Mike.

Exaspéré, il regardait les vagues avec fureur, comme si elles étaient ses ennemies personnelles.

– Oui. Nous ferions mieux de rentrer, dit Scott. Ça va, Jill?

– Pas trop mal, balbutia-t-elle.

Elle avait dépensé tant d'énergie pour remonter, se hisser à bord et aider Nick, qu'elle était à bout de forces.

La mine sombre, Nick mit le moteur en marche et pilota vers la plage, le canot ballotté par les vagues toujours plus violentes. Personne n'osait le dire, mais tous avaient hâte de retrouver la terre ferme. Cette tentative de plongée, par un temps aussi menaçant, avait été comme un coup de dés malheureux.

– Nous savons maintenant pourquoi on a mis si longtemps à remonter tous ces trésors! dit Mike quand tout fut à nouveau rangé dans la Land-Rover.

Un bras autour des épaules de Jill, épuisée, Scott la tenait serrée contre lui. Elle finit par s'endormir, trop fatiguée pour garder les yeux ouverts malgré la conversation des trois hommes qui se promettaient de recommencer l'expédition. Elle ne s'éveilla que lorsque Scott la secoua. Ils étaient arrivés au magasin.

– Ho! Paresseuse! Terminus... tout le monde descend!

Encore désorientée, elle ouvrit tout à fait les yeux en entendant une voix au calme menaçant, à côté de la voiture.

– Que diable avez-vous encore manigancé, Dougherty?

Gordon était près de la portière, les bras croisés, la mâchoire serrée, les yeux flamboyants. Le cœur battant, Jill descendit de la voiture. Scott la suivit, une main sur sa taille. Et elle vit le regard de

Gordon devenir plus dur encore à la vue de ce geste familier. Il se tourna vers Scott :

– Eh bien?

– Nick, Mike et moi sommes descendus pour explorer le site du naufrage de 1715, expliqua Scott sans se troubler. Jill nous a accompagnés.

– Elle a réellement plongé là-dedans? s'exclama Gordon avec stupeur.

– Oui, mais nous étions tous les trois avec elle! cria Scott avec colère.

– Et vous vous êtes imaginé qu'il n'y avait aucun risque à emmener là-bas une néophyte comme Jill?

La main de Scott quitta la taille de Jill et il affronta Gordon, la tête haute, les poings sur les hanches.

– Parfaitement! J'ai jugé qu'il n'y avait pas de risque pour elle. Et comme vous le voyez, votre élève a survécu et s'est tirée de cette redoutable épreuve plus belle que jamais. Mais si vous le permettez, j'aimerais aller ranger notre matériel.

Une lueur meurtrière dans l'œil, il passa devant Gordon, alla rejoindre ses deux camarades qui avaient assisté avec étonnement à cette altercation, et commença à décharger la Land-Rover.

Gordon saisit le bras de Jill et ordonna à Scott :

– Rangez le matériel de Mlle Taggert! Je la ramène à la maison tout de suite.

Puis il l'entraîna vers la Mercedes et la poussa sur le siège avant. Effrayée, elle ne résista pas. Il démarra sans un mot et sortit en trombe du parking. Lorsqu'ils furent sur la route, il jeta un coup d'œil à la petite figure pâle de Jill.

– Pourquoi avez-vous laissé Dougherty vous persuader de l'accompagner pour une plongée aussi dangereuse?

Cette question était l'aiguillon idéal pour arracher Jill à sa léthargie. Elle se redressa, se tourna vers lui et répliqua d'une voix froide, mesurée :

– Mais enfin, d'où vous vient cette tendance à fourrer perpétuellement votre nez dans mes affaires? Si vous tenez à le savoir, c'est moi qui ai voulu accompagner Scott aujourd'hui. Il m'a parlé hier soir de son projet et je l'ai pratiquement supplié de m'emmener.

– Pourquoi?

– Parce que...

Jill s'interrompit, comprenant soudain que lui révéler son désir de découvrir des trésors engloutis ne ferait qu'aggraver encore la mauvaise opinion qu'il avait d'elle. Mais son visage trop expressif avait parlé pour elle, et avant qu'elle puisse dissimuler ses pensées derrière un masque impassible, il la foudroya du regard et jura d'une manière qui la fit rougir.

– Ainsi, c'est donc ça, petite imbécile! Un trésor! s'écria-t-il avec un rire amer. Est-ce que vous vous figurez vraiment que de l'or traîne au fond de l'Océan, attendant que vos petites mains cupides le ramassent? J'aurais dû m'en douter! Vous êtes exactement comme votre belle-mère. Vous voulez de l'argent par n'importe quel moyen, de préférence illégal! J'imagine que Scott ne vous a pas dit qu'il vous fallait un permis de fouilles délivré par le Fonds d'amélioration de Floride? Et que même avec ce permis, vous ne pouvez pas garder tout ce que vous découvrez?

– Monsieur Darrel, l'interrompit-elle en haussant le ton, je connais parfaitement la loi sur les antiquités de Floride. Je sais que l'on doit remettre à l'Etat vingt-cinq pour cent de tout trésor découvert. Quant à tenter d'obtenir de l'argent par des moyens illégaux, cela n'a jamais été mon intention. Je voudrais rembourser à Matt une partie de l'argent que Lucy lui a volé.

Elle se tut brusquement. Dans sa colère, elle avait livré son véritable mobile. Et elle se sentit horriblement mortifiée quand Gordon lui jeta un coup d'œil sceptique et éclata d'un rire sarcastique.

– Ah, diablesse! Il faudra trouver quelque chose de plus original que ça! Ou vous êtes une menteuse consommée ou vous êtes encore plus naïve que vous n'en avez l'air. Savez-vous quelles sont les chances que l'on a de gagner de l'argent en cherchant des trésors?

Jill baissa la tête et regarda ses mains, incapable de supporter plus longtemps tant de mépris. Un flot de larmes ruissela sur ses joues. Gordon lui glissa de force un mouchoir entre les doigts, mais elle le lui rejeta à la figure.

– Laissez-moi tranquille! Je vous déteste! Vous êtes l'homme le plus odieux de la terre! Vous allez devenir un sale petit vieux acariâtre, méchant, soupçonneux et solitaire, et j'espère que vous en mourrez! cria-t-elle avant que les sanglots ne l'étouffent.

Dans un silence total, Gordon conduisit jusqu'à la maison. Elle ne pouvait le regarder, ni voir si ses paroles avaient pénétré sa peau épaisse de brute insensible. Bondissant hors de la voiture, elle se précipita vers la porte puis dans l'escalier. Elle ne voulait pas que Matt sache qu'elle avait pleuré.

Dans le décor aux lilas de la chambre affectueusement préparée pour elle, Jill se calma et se ressaisit. Elle n'arrivait pourtant pas à comprendre comment cet homme abominable avait le pouvoir de lui faire autant de mal. Elle prit une douche, mit sa robe de jersey de soie mauve, se maquilla un peu plus que d'habitude pour dissimuler les traces des pleurs, puis descendit. Très droite, marchant comme une reine, elle entra dans la bibliothèque. Son oncle y était seul.

– Eh bien, ma chérie, comment ça s'est passé? demanda-t-il dès qu'il lui eut servi un verre de xérès.

Jill lui avait fait part de son projet d'accompagner Scott en plongée, mais sans lui préciser le lieu où ils iraient pour ne pas qu'il s'inquiète. Ce n'était que pour éviter qu'il se fasse du souci qu'elle avait décidé de lui raconter l'expédition à son retour.

– Eh bien, nous avons plongé dans un endroit très différent de la crique, commença-t-elle.

La voix lasse de John, annonçant le dîner, l'interrompit.

– Le dîner? s'étonna vaguement Matt. Mais Gordon n'est pas encore descendu!

A cet instant précis, il apparut au pied de l'escalier, changé, reposé, ses cheveux noirs un peu humides frisant sur le col de sa chemise. Il avait dû prendre une douche, lui aussi. « J'espère que ça l'a calmé! », pensa aigrement Jill.

– Eh bien, puisque tout le monde est là... allons-y! Tu voulais prendre un verre, mon garçon?

– Oui, répondit Gordon entre ses dents, les yeux posés sur Jill. J'en ai besoin. Mais allez, je vais me servir et je l'apporterai à table.

Jill accompagna donc son oncle à la salle à manger, en s'interrogeant sur le curieux regard d'avertissement que venait de lui lancer Gordon. Allait-il faire une scène à propos de sa plongée supposée dangereuse? Elle espérait bien que non. Son oncle avait besoin de calme. Passant près de lui, elle l'embrassa sur la joue avant d'aller prendre sa place à table.

– A quoi est-ce que je dois cela? demanda-t-il avec un sourire affectueux.

– A rien. Uniquement parce que je vous aime de tout mon cœur, répondit-elle tandis que Gordon entrait, tenant un verre en cristal plein d'un liquide ambré.

Consuelo arriva et déposa devant chacun d'eux une assiette de gratinée à l'oignon. Puis elle se retira dans la cuisine pour préparer le plat suivant.

Ils commencèrent à manger, Gordon et Jill avec moins d'appétit que Matt qui, au bout d'un moment, reprit la conversation commencée dans la bibliothèque.

– Alors, raconte-moi un peu, ma chérie. Où as-tu plongé aujourd'hui, avec Scott?

Ce fut Gordon qui répondit.

– Sur le site du naufrage de 1715.

Matt posa bruyamment sa cuillère à soupe.

– Là-bas! Mais pourquoi, Jill?

– Parce qu'ils sont idiots tous les deux! Scott a complètement perdu la raison. Emmener Jill plonger dans ces parages, c'est comme jeter un bébé à l'eau! Elle n'est absolument pas prête à plonger là-bas.

Jill le regarda, et ses yeux lancèrent des éclairs.

– Je trouve cette analogie inacceptable. N'avez-vous pas dit hier que j'étais une bonne élève, que je deviendrais une bonne plongeuse?

– Oui, bonne, pas suicidaire! Vous n'irez plus jamais en plongée avec Dougherty! Je suis votre moniteur et je...

– Avez-vous fini de vous mêler de ce qui ne vous regarde pas? J'en ai assez! Chaque fois que je me retourne, vous êtes là, avec votre regard mauvais...

– C'est parce que je me soucie du mal que vos excentricités peuvent faire à votre oncle. Quelqu'un doit vous tenir en laisse...

– Allez-vous insinuer que je fais des folies, monsieur Darrel? Et que je n'ai pas d'affection pour mon oncle? Permettez-moi de vous rappeler que...

– La seule chose que vous puissiez me rappeler, c'est...

– Mes enfants!

Le rugissement de Matt les arrêta net et ils se tournèrent avec stupéfaction vers lui qui, très droit, les foudroyait du regard. Enfin, son expression se radoucit.

– Maintenant que j'ai l'attention des têtes brûlées que vous êtes, dit Matt, j'ai quelque chose à dire. Et je ne veux pas entendre un seul mot avant d'avoir fini! Vous êtes, tous les deux, tout pour moi. Toi, Gordon, tu es le fils que je n'ai jamais pu avoir. Et toi, Jill, la fille. Je vous aime tous deux profondément, de toute mon âme. Mon amour est vaste comme l'Océan. Croyez-le et essayez de vous entendre, implora-t-il en les regardant maintenant avec tendresse.

Il y eut un silence. Jill avait le cœur serré. Elle jeta un bref coup d'œil vers Gordon, entre ses cils, et vit que son visage parfaitement immobile exprimait l'angoisse et le remords d'avoir pu faire involontairement de la peine à celui qu'il aimait comme un père. Il fut le premier à parler.

– Je regrette sincèrement, dit-il. C'est vrai... j'ai mal jugé votre nièce dès son arrivée. Je vais désormais m'efforcer de lui accorder le bénéfice du doute.

– A la bonne heure, mon garçon, dit Matt avec soulagement, puis il tourna vers Jill un regard interrogateur.

– Je vous demande pardon aussi, murmura-t-elle, et je vais essayer de m'entendre à l'avenir avec M. Da... avec Gordon.

– C'est tout ce que je vous demande, répondit Matt.

Consuelo, qui avait certainement tout entendu, arriva avec l'entrée. Dès qu'ils furent servis, Matt s'éclaircit la gorge et annonça :

– Comme Jill est ici depuis plus de quinze jours et j'espère qu'elle restera aussi longtemps qu'elle le voudra, même si cela veut dire qu'elle ne partira jamais j'ai décidé de donner une réception en son honneur, samedi soir. J'ai l'intention d'inviter tous mes vieux amis, nos voisins...

Il s'interrompit pour voir l'effet que produisait cette nouvelle. Jill sourit mais protesta :

– Voyons, oncle Matt, vous n'êtes pas obligé de faire tout cela pour moi!

– Je sais, je sais... mais j'y tiens! D'ailleurs, j'en ai déjà parlé à Consuelo, et elle a la tête pleine de projets. Il y a bien longtemps qu'elle n'a pas eu l'occasion de déployer tous ses talents culinaires.

Jill allait à nouveau s'opposer à une trop grande réception, quand Gordon fit une déclaration qui la stupéfia :

– Voilà une excellente idée! C'est vrai qu'il y a longtemps que vous n'avez pas réuni vos amis. Cela vous fera sûrement du bien.

Jill se tourna vers lui. Avait-elle bien entendu? Gordon était la première personne qui aurait dû détester l'idée même d'une fête organisée en son honneur, à elle!

– Je suis heureux que tu sois d'accord avec moi, Gordon, dit Matt.

Le ton en disait plus long que ces simples paroles. Il était évident qu'il était enchanté que son fils adoptif approuve un projet que, dans le passé, il aurait sûrement réprouvé.

Plus tard, lorsqu'elle fut couchée, Jill se dit qu'elle avait beaucoup de chance d'avoir pour oncle un homme aussi confiant et affectueux. Si seulement Gordon avait pu lui ressembler! Avec un brusque pincement de douleur, elle s'aperçut qu'il devenait très important pour elle qu'il change d'opinion à son égard et l'accepte comme la petite-nièce de Matt. Cette nouvelle prise de conscience de ses sentiments pour Gordon l'empêcha de dormir.

Le lendemain matin, elle se réveilla très tard.

10

Voyant l'heure à la pendulette sur la table de chevet, Jill sauta du lit. Elle enfila à la hâte un jean et un T-shirt, et dévala l'escalier, à la recherche de Consuelo qu'elle trouva dans la cuisine.

– Où est Gordon?

– Jill? Asseyez-vous et prenez une tasse de café, dit Consuelo en la servant. Gordon est au magasin. Il a dit que vous aviez besoin d'une bonne journée de repos, après toutes vos fatigues d'hier.

Jill se laissa tomber sur un tabouret et se frotta le front d'une main, prenant la tasse de café fumant de l'autre.

– Il a sans doute raison, avoua-t-elle. Je... j'ai très mal dormi.

En fait, elle avait grande envie de se recoucher tout de suite, mais puisqu'elle était levée, elle décida de faire contre mauvaise fortune bon cœur.

Après avoir remercié Consuelo pour le café et refusé, comme chaque matin, le petit déjeuner, Jill se dirigea vers le bureau d'où venait la voix de son oncle. Il était au téléphone et lui fit signe de s'asseoir. Aussitôt, elle se laissa tomber avec reconnaissance dans un fauteuil et acheva de boire son café, en examinant distraitement les étagères bourrées de livres et d'objets d'art, derrière le bureau.

– C'est ça, samedi soir à huit heures, dit Matt. Vous viendrez? Tant mieux! Je serai heureux de vous voir.

Il raccrocha et son regard affectueux remarqua tout de suite les cernes qui soulignaient les yeux de Jill.

– Tu vas bien, ma chérie?

– Je suis un peu fatiguée, c'est tout, murmura-t-elle, évasive, de peur qu'il ne lui pose des questions sur les raisons de sa nuit agitée. Vous faites vos invitations pour samedi?

– Oui, et jusqu'à présent tout le monde a accepté et se fait une joie de faire la connaissance de ma nièce! annonça-t-il fièrement. Quels sont tes projets pour la journée, ma petite fille?

– Je ne sais pas. Gordon est parti sans moi, répondit-elle un peu tristement.

– Je sais. Nous avons pensé que ça te ferait du bien de dormir, ce matin.

– Ah?

– Consuelo doit aller en ville aujourd'hui, pour acheter tout ce dont elle a besoin pour samedi. Tu devrais l'accompagner et t'acheter une robe.

Jill ouvrit la bouche pour refuser, mais Matt ne la laissa pas parler.

– Oui, je sais. Tu n'en as pas besoin. C'est bien ce que tu allais dire, n'est-ce pas? Mais ma vieille expérience me souffle que toutes les jeunes personnes aiment les robes neuves, qu'elles en aient besoin ou non. Je veux que tu sois la plus belle, samedi, quand je te présenterai à mes amis. Alors tu vas aller avec Consuelo et acheter une toilette sensationnelle, faire une folie! Et l'accepter comme un cadeau de ton oncle.

– Mais, oncle Matt..

– Je t'en prie, Jill. Fais-moi plaisir!

Elle comprit qu'en refusant elle le priverait d'une joie. Mais qu'allait dire Gordon? « Au diable Gordon! pensa-t-elle. Qu'il pense ce qu'il voudra. Je vais aller en ville et acheter une robe qui le rendra fou! »

En se faisant un peu l'effet d'être Cendrillon, Jill alla à Daytona en voiture avec Consuelo et, avant de s'occuper des provisions pour la réception, elles firent le tour des magasins les plus élégants. Finalement, après avoir essayé une bonne dizaine de robes du soir, elles se mirent d'accord sur un modèle, Jill un peu à contrecœur, et Consuelo avec enthousiasme.

C'était une robe de velours noir, serrée à la taille par une ceinture dorée, à la longue jupe bordée d'une large bande de broderie multicolore. Mais ce qui faisait hésiter Jill et glousser Consuelo d'admiration, c'était le décolleté. Il dénudait entièrement une épaule, tout le corsage étant soutenu par une fine bretelle nouée sur l'autre. Un petit coup sec sur le nœud, et tout tomberait. Jill trouvait cela risqué mais Consuelo décréta que c'était d'un « chic fou ». La robe noire fut donc achetée, emballée dans du papier de soie et le carton fourré sous le bras de Jill avant qu'elle ne trouve un argument pour s'y oppo ser. Elle redoutait d'avance l'opinion de son oncle.

Quand elle l'essaya pour la lui montrer, il fut aussi enthousiaste que la brave Consuelo.

– Admirable! La perfection! Consuelo, je vous félicite. Une enfant aussi jeune ne doit pas cacher ses attraits. C'est pour ça que je vous ai envoyée l'accompagner. J'étais sûr que toute seule, elle reviendrait avec une chose qui aurait l'air d'un sac!

Les deux jours suivants, les leçons de Jill avec Gordon se résumèrent à des instructions finales sur les conditions de plongée au large, à une sorte de condensé de toutes les techniques qu'elle avait apprises depuis près de trois semaines. Comme ils passaient presque tout leur temps sous l'eau, Gordon ne pouvait parler que par gestes et, la leçon finie, il s'enfermait au vestiaire pour se changer. Leurs conversations étaient donc brèves et limitées à la plongée. Jill en était à la fois soulagée et troublée. Si c'était ce que Gordon avait voulu dire, en promettant de lui accorder le bénéfice du doute et de s'entendre avec elle, cela ne suffisait pas du tout.

Le vendredi, en revenant à la maison au volant de la Mercedes, elle était désorientée par les derniers mots que Gordon lui avait dit ce matin-là :

« Vous n'avez plus qu'une leçon, et ce sera un examen sous l'eau de tout ce que vous avez appris, afin que je juge de vos qualités. Ensuite, vous aurez fini, à la condition d'être reçue à l'examen écrit qui comporte soixante-quinze questions. »

Elle savait que la fin arrivait, mais elle ne s'attendait pas à éprouver ce vide, cette sensation de perte, à la pensée que Gordon et elle ne passeraient plus leurs matinées ensemble. Elle avait beau se répéter qu'elle aurait dû en être ravie, cela ne servait à rien.

Elle rangea la voiture au garage et remonta lentement vers la maison, en contemplant la belle bâtisse. Cette maison était devenue son foyer. Elle voulait ne jamais la quitter, et ce que son oncle avait dit, le soir où il avait annoncé la réception, montrait bien que lui aussi voulait qu'elle reste. La seule ombre dans ce paradis, c'était Gordon... cet homme sombre, arrogant et soupçonneux. Sans lui, tout aurait été si facile!

L'aube du samedi fut une splendeur et, très tôt,

les rayons du soleil illuminèrent la chambre lilas. Les oiseaux chantaient gaiement, invitant Jill à se lever pour profiter de toute cette beauté.

En bas, Consuelo donnait déjà des ordres péremptoires à John. Toute la maisonnée préparait la soirée. Jill descendit, pieds nus et encore ensommeillée, attirée par le délicieux arôme du café de Consuelo.

– Vous voilà, Jill! C'est votre grand jour, hein? dit-elle en riant, debout sur le seuil de la bibliothèque, dès qu'elle aperçut la jeune fille. Venez! Ces jolis yeux bleus vont pétiller quand ils verront ce qu'il y a à la cuisine!

Souriante et pleine de curiosité, Jill la suivit à la cuisine. Là, Consuelo ouvrit fièrement la porte de l'office en un geste théâtral. Ayant jeté un coup d'œil, Jill poussa un petit cri admiratif. La cuisinière s'était surpassée. Elle avait confectionné un gâteau géant portant l'inscription : « Que ma maison soit ta maison. »

Jill en resta d'abord muette d'émotion,

– C'est magnifique, murmura-t-elle enfin.

Elle enlaça affectueusement Consuelo qui, rayonnante, retourna à son travail.

Jill emporta son café dans la véranda où elle attendit en vain son oncle. Jusqu'à ce que Consuelo lui apprenne qu'il était parti avec Gordon pour régler une affaire au magasin.

Ne sachant que faire, Jill insista pour aider Consuelo à préparer la maison, et lorsque Matt et Gordon rentrèrent pour déjeuner, elle leur annonça joyeusement qu'elle avait travaillé dur. En fait, elle avait aidé John à déménager la plupart des meubles de la bibliothèque, afin de faire de la place pour les danseurs.

L'après-midi s'écoula tranquillement. Jill joua aux

échecs avec son oncle, ce qui le força à se reposer et l'empêcha de harceler Consuelo. Gordon s'était enfermé dans le bureau avec des bordereaux et des factures. Jill avait un peu l'impression que la maison tout entière retenait sa respiration.

Après avoir très légèrement dîné de bonne heure, Matt expédia Jill dans sa chambre pour qu'elle se prépare. Elle prit un long bain parfumé, accorda encore plus de soin que d'habitude à sa coiffure, se maquilla, s'habilla...

Enfin elle fut prête et, debout devant la glace de la coiffeuse, elle s'examina d'un œil critique. Mais elle dut reconnaître que la robe noire, portée simplement avec des anneaux d'or aux oreilles et des sandales vernies à hauts talons, était sensationnelle. Et pourtant, ce ne fut pas sans appréhension qu'elle ouvrit la porte de sa chambre. A l'instant où elle allait s'engager dans l'escalier, Gordon apparut dans le couloir, sortant lui aussi de sa chambre. Il haussa les sourcils et la détailla de ses yeux froids pendant un instant qui, pour Jill, dura un siècle.

– Eh bien, murmura-t-il d'une voix basse et caressante, la petite fille serait-elle devenue femme?

Son regard s'attarda sur l'épaule nue de Jill qui frissonna, bouleversée par la douceur de sa voix et le feu de ses yeux.

Elle se souvint qu'en choisissant cette robe elle avait pensé le provoquer, l'obliger à réagir. Son but semblait atteint au-delà de tout espoir.

– Il devrait être satisfait, grommela Gordon.

Elle le regarda sans comprendre.

– Qui donc?

– Mais Dougherty, naturellement! s'écria-t-il d'un ton brusque en s'effaçant légèrement pour la laisser passer.

Elle s'avança d'un pas raide et il la suivit jusqu'au

salon où Matt attendait ses premiers invités. Elle s'assit à côté de son oncle, s'efforçant de paraître détendue et naturelle, mais terriblement troublée par le regard brûlant de Gordon sur sa peau nue. Elle eut une bouffée de chaleur et regretta vivement d'avoir succombé aux flatteries de Consuelo et choisi une toilette aussi voyante.

A son grand soulagement, le carillon de la porte d'entrée ne tarda pas à résonner et le défilé commença. Scott et Yvonne avaient aussi été invités, ce qui était tout à fait normal puisqu'ils étaient les collaborateurs de Gordon. Jill vit ce dernier offrir un cocktail à sa belle et blonde secrétaire et s'éloigner avec elle. Pour la première fois depuis son arrivée, Jill s'avoua alors que la jalousie lui rongeait le cœur. Et cela la remplit d'effroi.

– Eh bien, beauté, que diriez-vous d'une danse? lui susurra soudain Scott à l'oreille.

Pourquoi donc était-elle jalouse? C'était stupide. Ou alors, elle était amoureuse de Gordon, attirée par lui?... Non, cette possibilité était inacceptable. En tout cas, elle refusait de l'envisager. Et c'est avec une sorte de désespoir qu'elle se jeta dans les bras de Scott. Sur la piste, elle fit de son mieux pour se concentrer sur le rythme de la musique douce. Autour d'eux, d'autres couples dansaient, des personnes à qui elle avait été présentée et dont elle avait oublié les noms. Et subitement, elle se rendit compte qu'elle ne se souvenait que d'un seul nom sur cette terre, un nom qui la hantait... Gordon!

– Qu'est-ce qui vous arrive? demanda Scott d'un air inquiet.

Elle venait en effet de sursauter en apercevant Gordon qui dansait avec Yvonne et la serrait contre lui. « Est-ce qu'on peut appeler cela... danser? », songea-t-elle amèrement. Ils ondulaient vaguement au son de la musique et l'invite flagrante que chacun pouvait lire dans les yeux de la secrétaire aurait fait fondre le plus chaste des hommes. C'est alors que la morsure venimeuse de la jalousie poussa Jill à l'action.

– Rien, Scott. Je meurs de soif! Pourriez-vous aller chercher pour moi un de ces verres que John promène sur un plateau?

Et elle adressa à Scott un sourire si éblouissant que, prêt à tout, il partit comme une flèche à la recherche de John. Pendant ce temps, elle se glissa vers le coin de la pièce où son oncle parlait avec un de ses amis.

Matt sourit et la prit par la taille tout en poursuivant sa conversation. Comme Jill contemplait la foule des invités, elle vit que Gordon venait vers elle. Il approcha et, inclinant légèrement la tête, l'invita à danser. Le cœur battant, elle jeta un coup d'œil suppliant à son oncle, mais celui-ci la lâcha et l'encouragea de la main en souriant. Elle ne pouvait refuser...

Comme un automate, elle suivit Gordon sur la piste. Il l'enlaça et aussitôt, elle sentit que ses genoux se dérobaient tandis que les battements de son cœur s'accéléraient follement : « Oh! mon Dieu, non! pensa-t-elle. Pas lui! Je ne peux pas tomber amoureuse du dernier homme au monde capable de me rendre mon amour! »

Puis, comme dans un songe, transportée hors de toute réalité et incapable de résister, elle se laissa aller entre ses bras. Quand une nouvelle danse commença, il ne la lâcha pas. Elle défaillait, elle était brûlante. Elle aperçut vaguement Scott, debout au bord de la piste avec deux verres à la main et qui les observait d'un air intrigué. Et elle l'oublia dès que Gordon se pencha à son oreille pour murmurer :

– Venez dehors. J'ai à vous parler.

Il n'y avait aucune froideur dans sa voix, aucune menace, et Jill se laissa entraîner à travers la foule jusque dans la véranda, où la brise nocturne rafraîchit ses joues congestionnées.

En la tenant par la main, Gordon la conduisit dans un coin isolé où ils ne pouvaient être vus, pas même depuis la véranda. Et là, il la lâcha, fourra ses mains dans ses poches et la contempla en silence pendant un moment.

– Jill, je...

Il s'interrompit, l'air confus, évitant son regard. Puis, brusquement, il tira de sa poche une feuille de papier et la lui tendit. La prenant de ses mains qui tremblaient, elle la parcourut à la faible lumière des lanternes japonaises, et ne put réprimer une exclamation de surprise. Finalement, elle leva les yeux vers Gordon.

– Mais... c'est un rapport d'enquête sur mon père, Lucy et moi ?

– Oui. Et comme vous le voyez, daté d'il y a huit jours.

– Oui, mais...

– Attendez. Ce n'est pas tout.

Il lui donna une coupure de presse, un article relatant la mort de son père où il était écrit que Walter Taggert était bien seul dans sa voiture au moment de l'accident. Jill se souvint qu'elle l'avait lu cinq ans plus tôt, et le rendit à Gordon, ainsi que le rapport. La regardant alors dans les yeux, il dit d'une voix douce, émue :

– Je vous dois des excuses, Jill. Je... je vous ai mal jugée. Je le regrette.

Le Gordon qui se tenait en ce moment devant elle

n'avait rien de celui de ces dernières semaines. Il n'était plus méfiant, soupçonneux ni mordant, mais sympathique, chaleureux et contrit. Jill lui posa une main sur le bras.

– Merci, Gordon, murmura-t-elle avec émotion. Dites... pourquoi avez-vous attendu huit jours pour me dire cela? Est-ce que mon oncle est au courant?

– Non, je ne lui en ai pas encore parlé. Je voulais que vous le sachiez avant lui. Quant à la raison de mon attente... eh bien, je voulais être absolument sûr que vous n'aviez pas été contaminée par l'éducation de Lucy. J'ai été idiot. Une femme ne peut effacer douze ans au moins de bonne éducation. Il était stupide de croire que vous auriez pu devenir aussi cupide qu'elle après avoir connu une mère aussi aimante. Car elle l'était, n'est-ce pas? Matt m'a parlé d'elle.

– Oui, souffla Jill, bouleversée par le souvenir de sa mère.

Gordon tira de sa poche une seconde lettre.

– Ceci a également servi à votre défense. Maître Formby a la plus haute opinion de vous...

De ses yeux bleus embués de larmes, elle parcourut la lettre. Elle n'arrivait pas à croire que le sombre nuage du soupçon qui pesait sur elle depuis trois semaines était enfin dissipé, et par trois petits bouts de papier.

– Mais cette lettre aussi date de plus d'une semaine? Vous l'avez reçue il y a plusieurs jours... murmura-t-elle, sur la défensive malgré elle. Ainsi, vous saviez que je n'étais pas l'aventurière que vous pensiez, et vous ne m'avez rien dit? Pourquoi?

Elle souffrait, ne comprenait pas comment il avait pu agir ainsi. Et à sa grande surprise, il ne nia rien mais, visiblement embarrassé, respira profondément avant de demander :

– Vous vous rappelez qu'un soir je vous ai invitée à sortir avec moi pour dîner? Oui? Je comptais vous montrer les lettres à ce moment mais... eh bien, vous avez prétendu avoir rendez-vous avec Scott, dit-il en prononçant le nom du jeune moniteur d'un ton plus dur. Ensuite, quand Matt a proposé cette réception, j'ai pensé que ce serait l'occasion idéale pour vous révéler que vous étiez désormais lavée de tout soupçon. De plus... vous êtes très jeune, Jill, pas seulement par les années mais par l'expérience. Il est évident que vous ignorez tout des hommes et de leur façon d'être. Nous n'aimons pas reconnaître nos torts. Je ne fais pas exception. Il m'a fallu du temps pour réviser l'opinion que je m'étais faite de vous.

– Ah? fit-elle d'une petite voix timide.

Elle avait fortement conscience de son ignorance des hommes en général, et de celui-là en particulier. Elle le regarda de ses immenses yeux couleur de bleuet. Il avait une expression singulière en la contemplant. Mais le plus ahurissant, c'était qu'il avait l'air presque tendre. Jill se demanda comment elle avait pu trouver dur et froid cet homme plein de chaleur et si séduisant.

– Merci. C'est vrai, il est très important pour moi que vous m'en ayez parlé vous-même. Vous auriez pu le dire à mon oncle, en lui laissant le soin de m'en informer, et vous ne l'avez pas fait. Pourquoi?

– Il m'a semblé que c'était mieux ainsi. Mais le résultat serait peut-être le même...

Ce n'était pas une réponse satisfaisante, mais ce qui importait, c'était que l'expression des yeux gris de Gordon faisait chanter le cœur de Jill. Etait-il possible qu'il éprouve pour elle un peu de ce qu'elle éprouvait pour lui? Elle comprenait maintenant que sa sensibilité exagérée à ses paroles blessantes était due à l'amour qui s'était épanoui en elle à son insu. Voilà pourquoi le mépris glacé de Gordon lui avait fait si mal. Elle vacilla vers lui, en le fixant au fond des yeux, et il lui saisit les bras pour la soutenir. Pour l'attirer. Hypnotisée, elle vit la belle bouche dure descendre vers ses lèvres affamées de baisers, ferma les yeux et attendit.

Aussitôt, elle fut repoussée. Elle battit des paupières et le vit reculer dans l'obscurité.

– Gardez votre gratitude pour Dougherty. Il la mérite, déclara-t-il de ce ton froid qu'elle connaissait bien.

Cette voix, ces mots firent à Jill l'effet d'un coup de fouet et, avec un gémissement de douleur, elle prit la fuite. S'engouffrant dans la première pièce qui se présenta, elle se retrouva dans le bureau. La pièce était déserte et plongée dans l'obscurité. Jill refoula ses larmes prêtes à jaillir puis, un peu calmée, elle partit à la recherche de Matt.

Il était dans la salle à manger, près du somptueux buffet préparé par Consuelo.

– Oncle Matt, murmura-t-elle d'une voix dont elle ne pouvait maîtriser le tremblement.

– Oui, ma chérie? répondit-il, tout de suite alarmé par sa mine pâle et défaite. Qu'est-ce qui ne va pas, ma petite fille?

La pression affectueuse de son bras sur ses épaules faillit la faire éclater en sanglots et, faisant appel à toute sa force d'âme, elle mentit.

– Je... j'ai affreusement mal à la tête. Ce doit être l'énervement. Voudriez-vous m'excuser quelques minutes? Je voudrais monter prendre de l'aspirine, dit-elle calmement, sachant bien que tous les tubes d'aspirine du monde ne pourraient calmer sa douleur.

– Bien sûr, ma chérie. Allonge-toi un moment. Veux-tu que je t'envoie Consuelo?

Il paraissait si inquiet qu'elle le rassura d'un sourire.

– Non, non, oncle Matt. Ce ne sera rien. Je serai de retour avant qu'on ne s'aperçoive de mon absence.

Elle monta posément, longea le couloir, entra dans sa chambre, referma la porte sans bruit puis, se jetant sur le lit, elle se mit à sangloter convulsivement.

Elle n'aurait su dire depuis combien de temps elle était là quand la porte s'ouvrit. Surprise par le rayon de lumière transperçant soudain l'obscurité de la chambre, elle se redressa et se tourna vers la silhouette qui se tenait sur le seuil.

– Oncle Matt? souffla-t-elle.

L'homme referma la porte et elle eut un choc en reconnaissant Gordon qui traversait la pièce, avec l'aisance d'un chat dans le noir. Elle retomba sur le lit et enfouit son visage dans le couvre-lit.

– Allez-vous-en, suffoqua-t-elle.

Mais sentant le sommier fléchir, elle se retourna et tendit les mains pour le repousser. Il les saisit et les retint entre les siennes.

– Ne faites pas l'enfant, gronda-t-il tout bas.

– Qu'est-ce que vous voulez?

– Vous expliquer... Allez-vous cesser de vous débattre et m'écouter?

Elle se calma, le temps de lui lancer:

– Vous n'avez rien à expliquer!

– Il faut que je vous dise pourquoi j'ai refusé votre très séduisante invitation, tout à l'heure. Non! Arrêtez!

Il lui écarta les bras au-dessus de la tête et la maintint immobile sur le dos. Penché sur elle, il approcha son visage tout prêt du sien. Voyant qu'elle n'était pas de force à résister, elle se tint tranquille.

– Voilà qui est mieux, dit-il en la lâchant et en se redressant. Quel âge avez-vous?

– Vous le savez très bien! Vingt-deux ans.

– Quel âge croyez-vous que j'ai?

Elle fit un geste vague. Où voulait-il en venir? Que lui importait son âge?

– Je ne sais pas. Trente-deux, trente-trois ans?

– Trente-cinq. J'ai treize ans de plus que vous, Jill.

– Et quel lien cela a-t-il avec ce qui s'est passé ou ne s'est pas passé dans la véranda, monsieur Darrel?

– Je suis trop vieux pour vous, répliqua-t-il.

Jill releva la tête et le regarda avec stupéfaction.

– A treize ans, vous n'auriez tout de même pas pu être mon père! Que voulez-vous dire exactement?

Elle se redressa sur les coudes et ajouta sur un ton railleur :

– Il n'y a pas de limite d'âge pour les baisers, vous savez!

– Jill! s'exclama-t-il, et on aurait dit un gémissement de douleur. Croyez-vous qu'il m'a été facile de ne pas vous toucher? Comme ça? Et comme ça?

Joignant le geste à la parole, il caressa l'épaule nue, appuya ses lèvres sur l'artère qui battait follement à la base du cou de Jill.

Avec un soupir de contentement, elle noua ses bras autour du cou de Gordon et l'attira sur elle. Frémissant, incapable de se maîtriser plus longtemps, il lui prit la bouche et embrasa ses sens. Ce baiser fit l'effet d'un baume apaisant sur le cœur douloureux de Jill. Et elle ondula contre lui, se pressa le plus qu'elle put le long du grand corps musclé.

Elle sentit un petit tiraillement à l'unique bretelle nouée. Puis le velours de soie fut écarté et remplacé par la bouche brûlante de Gordon qui traça un chemin de feu partout où ses lèvres osaient se poser. Ses mains vagabondes firent courir de délicieux frissons sur le corps de Jill qui frémit et arqua son dos, sentant confusément le besoin de quelque chose qu'elle ne savait identifier. Tout au fond de son être naissait une douleur sourde, un embrasement attisé par les caresses érotiques de Gordon. Elle enfonça ses mains dans les cheveux noirs et lui souleva la tête pour qu'il lui reprenne les lèvres. Et sous ce nouveau baiser, elle gémit, noyée dans l'extase, perdant tout contrôle d'elle-même.

– Gordon... souffla-t-elle quand il lâcha ses lèvres pour lui mordiller l'oreille. Je vous aime!

Cet aveu ressemblait à une prière, tant l'amour de Jill était profond. Mais il fit sur Gordon l'effet d'un affreux blasphème. Brusquement, il se figea, puis se redressa et sauta du lit.

– Gordon...

– Je vous en prie, couvrez-vous! ordonna-t-il en passant une main dans ses cheveux emmêlés.

Gênée, effrayée par cette soudaine volte-face, Jill remonta son corsage d'une main tremblante et tenta de rattacher la bretelle. Comme elle n'y arrivait pas, Gordon refit le nœud, puis il recula dans le fond de la chambre et dit d'un ton las, tandis que son visage était dans l'ombre :

– Retournez au jeune Dougherty. Vous avez besoin d'un homme doux.

Et avant qu'elle ouvre la bouche pour lui répondre, il avait disparu.

« Mais je ne veux pas un homme doux! », songea-t-elle, désolée. Aussitôt, un nouveau torrent de larmes l'obligea à enfouir à nouveau sa figure dans les oreillers.

Plusieurs heures après, Consuelo la trouva endormie tout habillée, la tête sur un oreiller trempé. Elle lui enleva doucement ses vêtements, la recouvrit et sortit de la chambre, son visage d'habitude si jovial assombri par l'inquiétude.

11

Le lendemain matin, en s'éveillant, Jill retrouva en elle la douleur atroce causée par les événements de la soirée. Une douleur qui la rongeait comme un cancer. Pour comble de malheur, c'était dimanche et Gordon serait là toute la journée. Comment pourrait-elle l'affronter? Et son oncle? Qu'avait-il pensé en ne la voyant pas revenir à cette réception donnée en son honneur à elle, pour l'accueillir dans cette maison?

Pleine de crainte et aussi de honte, elle descendit. Consuelo fredonnait dans sa cuisine où John, assis sur un tabouret, buvait du café avec son air morose coutumier. En apercevant Jill qui hésitait sur le seuil, Consuelo s'arrêta de chanter.

– Bonjour, petite Jill. Votre oncle est dans la véranda où il y a aussi une tasse de café qui vous attend, lui dit-elle en l'observant avec une attention inhabituelle.

– Merci. Et... et Gordon? Il est là?

Jill ne put s'empêcher de poser la question et Consuelo leva les yeux au ciel en écartant les bras.

– Ah! celui-là... Il est impossible! Un bourreau de travail. Il a fallu qu'il aille à son magasin!

Ne voyant apparemment pas qu'elle aussi travaillait aujourd'hui, elle continua de laver la montagne de vaisselle accumulée par la réception.

Un peu soulagée, Jill se rendit dans la véranda, cherchant un prétexte pour excuser sa disparition de la veille.

Mais Matt crut tout ce qu'elle lui dit. Il accepta sans le moindre commentaire qu'elle se soit endormie sans s'en apercevoir.

– Tu devais en avoir bien besoin, ma chérie, dit-il simplement.

Et les yeux brillant de plaisir, il lui parla du rapport d'enquête obtenu par Gordon, qui la lavait de tout soupçon.

– Nous pouvons maintenant déboucher cette bouteille de champagne! conclut-il.

Jill hocha la tête sans enthousiasme. Le rejet de son amour pour Gordon avait énormément refroidi la joie qu'elle s'était faite de ce toast. Elle savait maintenant qu'il n'éprouvait rien pour elle. Sinon, il ne l'aurait pas quittée ainsi, au moment même où elle venait de lui avouer son amour.

Ce soir-là, à table, elle réussit à faire bonne figure et à causer avec animation avec son oncle, en ne jetant que de rares regards du côté de Gordon. Puis ils allèrent prendre le café dans la véranda, et Matt fut appelé dans la maison par un coup de téléphone. Soudain seule avec Gordon, elle eut l'impression de se retrouver toute nue au milieu d'une rue où tout le monde la dévisageait. Serrant sa tasse entre ses doigts, elle se mit à contempler les orangers agités par le vent. Elle s'était si bien repliée en elle-même que les premiers mots de Gordon la firent sursauter et qu'elle faillit renverser son café.

– Préférez-vous que ce soit Scott qui vous fasse

passer votre dernier examen sous l'eau ainsi que l'écrit?

Ses yeux, semblables à d'insondables lacs d'argent, se posaient sur elle avec réticence, froids et distants.

« Puisque le fiasco d'hier soir semble le laisser aussi indifférent, se dit-elle, je dois lui cacher ma douleur. » Et du même ton détaché, elle répliqua :

– Pourquoi? Vous n'avez pas le temps?

Il posa à nouveau ses yeux gris sur elle, et une onde de choc la parcourut tout entière. Pourquoi donc prenait-il cet air vexé, comme si c'était à lui qu'on avait fait injure?

– Bien sûr que j'ai le temps, dit-il avec irritation. Je pensais simplement que vous seriez plus à l'aise avec Dougherty après ce qui s'est passé hier soir.

– Hier soir, monsieur Darrel, il ne s'est rien passé qui puisse avoir une influence sur notre dernière leçon de demain.

Cette voix froide et sans émotion... était-ce bien la sienne? Comment pouvait-elle parler ainsi, elle qui vivait une véritable agonie? Un nerf tressaillit sur la mâchoire de Gordon.

– Au contraire. La soirée d'hier a prouvé une chose. Vous êtes une très jeune femme, sexuellement attirante, mais encore presque une enfant. Vous n'avez pas conscience de votre pouvoir de séduction, surtout sur un homme habitué à recevoir davantage que ce que vous pouvez offrir. Je crois qu'il vaut mieux que nous évitions de nous retrouver tous les deux seuls.

– Vous êtes moniteur et j'apprends la plongée sous-marine. C'est tout, déclara Jill, ses yeux bleus assombris par la rage.

On aurait dit qu'il s'appliquait à l'extraire de son

existence, comme un chirurgien aurait fait l'ablation d'une tumeur!

Gordon posa sa tasse sur la table de rotin et se leva. Son visage était maintenant dans l'ombre, peu visible et de toute façon indéchiffrable, mais il y eut une curieuse inflexion dans sa voix quand il déclara :

– S'il en est ainsi, nous pouvons terminer l'examen de plongée demain, comme prévu. Mais je persiste à croire qu'ensuite il vaudra mieux nous éviter le plus possible.

Il s'était déjà détourné, le dos raide, et elle eut envie de se jeter contre lui, de le serrer dans ses bras, de le supplier de ne pas parler ainsi. Mais il ressemblait à un mur de granit, là, debout, attendant sa réponse : froid, inamovible, dépourvu de toute émotion.

– Oui.

Ce premier mot ne fut qu'un souffle étouffé par le chagrin. Elle se força à élever la voix, rassemblant ses derniers restes de courage pour parler distinctement :

– Oui, monsieur Darrel. Je crois aussi que cela vaudra mieux pour tous les deux.

Sans répondre, il disparut dans la pénombre du bureau et ferma la porte-fenêtre.

Avec des gestes saccadés, Jill rassembla les tasses, les porta à la cuisine et rejoignit son oncle pour passer avec lui le reste de la soirée, retardant le moment de monter dans sa chambre. Elle savait en effet que, dès qu'elle serait couchée, elle serait assaillie par le souvenir de ce qui s'était passé entre elle et Gordon.

Lorsque, le lendemain matin, elle se retrouva

seule avec Gordon dans la Mercedes, elle se sentit tellement troublée par la proximité de sa cuisse musclée qu'elle se mit à serrer son sac de plage, comme si c'était là tout ce qui la retenait de basculer dans la folie. Dès que la voiture s'arrêta devant le magasin, elle ouvrit la portière et courut au vestiaire, où elle mit son maillot avant d'aller dans la réserve. Gordon y était, déjà tout équipé, en combinaison de plongée noire. Quand elle entra, il la contempla des pieds à la tête, comme s'il ne pouvait se rassasier de ce spectacle. Gênée, elle prit son équipement dans son casier, enfila sa combinaison et fut prête en quelques minutes.

– Allons-y, marmonna Gordon en la précédant vers la jetée.

Ils grimpèrent sans dire un mot dans le petit bateau à moteur et prirent le large. Jill s'apprêtait à affronter la dernière épreuve d'endurance.

Elle effectua de nouveau un simulacre de sauvetage avec Gordon, puis ôta et remit ses bouteilles en plongée et, enfin, nagea vingt-cinq mètres sous l'eau sans scaphandre autonome, rien qu'en retenant sa respiration. Quand elle eut fini, Gordon se hissa dans le bateau et la suivit pendant qu'elle couvrait quatre cents mètres à la nage sans s'arrêter. Il avait mesuré la distance d'un point au large presque jusqu'à la jetée, mais elle nagea encore plus loin, jusqu'au bout. Là, pendant que Gordon amarrait le bateau, elle tenta de se hisser sur la jetée de bois sans y parvenir. Elle craignait par-dessus tout le contact de Gordon et s'acharnait à essayer encore de sortir de l'eau toute seule, sans qu'il l'aide. Mais elle était essoufflée et fatiguée, et son genou céda lorsqu'elle voulut le poser sur le bois mouillé. Avec un petit cri effrayé, elle glissa, se cogna le front contre la jetée et coula à pic en gémissant.

– Jill!

Il hurla son nom en la voyant disparaître sous les vagues. Exécutant un saut de carpe, il plongea et fendit l'eau, tout près du corps de Jill. Elle n'avait pas perdu connaissance et elle réussit à se mettre debout toute seule. Elle haletait. Son orgueil avait été plus grièvement blessé que sa tête, et le regard qu'elle posa sur Gordon quand il s'approcha et posa une main sur son épaule pour la soutenir fut totalement dépourvu de chaleur et de reconnaissance.

– Ça va bien, Jill?

– Naturellement! répliqua-t-elle faiblement, tandis que des larmes se mêlaient à l'eau de mer qui ruisselait sur ses joues.

Etouffant un juron, il la prit dans ses bras, et à peine le corps tremblant de Jill fut-il contre le torse musclé de Gordon que sa résolution de ne plus jamais se laisser toucher par lui disparut, aussitôt remplacée par ce désir si nouveau pour elle. Les larmes qui coulèrent alors sur son visage furent de rage impuissante devant son incapacité à résister à cet homme, et Gordon les embrassa tendrement.

Puis leurs bouches se joignirent. Autour d'eux, les vagues moutonnaient et les aspergeaient d'embruns, sans qu'ils le remarquent. Ils s'abandonnaient à l'ivresse du baiser. Gordon la serra plus fort encore. Le baiser devint plus passionné et Jill eut l'impression qu'elle recommençait à se noyer, mais cette fois dans l'extase sensuelle.

Elle eut alors un renouveau d'espoir fou. Peut-être qu'hier soir il avait parlé sans réfléchir, poussé par la crainte qu'avaient les hommes de tomber sous l'emprise d'une femme? Quand il releva la tête, elle le regarda dans les yeux et murmura :

– Gordon?

Aussitôt, ses yeux gris se voilèrent. Le feu de la passion s'y éteignit. Il recula. Jill eut le sentiment qu'un vent glacial soufflait entre eux, la gelant jusqu'à la moelle des os. Elle vit les lèvres de Gordon prendre un pli qu'elle reconnut comme le prélude à une réflexion sarcastique, et elle le battit de vitesse, par autodéfense.

– Merci pour cette dernière leçon de survie en mer, dit-elle.

Sur ce, elle parvint à se hisser sur la jetée et marcha la tête haute vers le magasin, sans regarder derrière elle pour voir la réaction de Gordon.

Pendant qu'elle se rhabillait, Gordon frappa à la porte du vestiaire et entra. Le cœur de Jill se serra devant ce visage fermé.

– Répondez aux questions de cet examen écrit, je vous prie, dit-il. Vous pouvez le faire dans le bureau.

Puis il sortit et disparut dans le vestiaire des hommes.

Ayant séché ses cheveux, Jill prit ses affaires et alla au bureau. Yvonne y était seule, en train de téléphoner. Elle devait avoir été prévenue de la venue de Jill car, d'un geste nonchalant de sa main aux ongles laqués, elle lui fit signe de s'installer sur le bureau de Gordon qui avait été débarrassé de ses papiers. Jill s'y assit et se concentra sur son travail pendant environ trois quarts d'heure. Gordon ne réapparaissait pas...

Enfin, comme elle relisait ses réponses pour la dernière fois, il arriva et lui demanda froidement si elle avait fini. Elle se leva et lui remit les feuillets de l'examen.

– Je vais les corriger et vous donner le résultat tout de suite.

– Parfait.

Comme elle n'avait aucune envie de rester là à le regarder faire ses corrections, elle passa dans le magasin. Scott était derrière le comptoir.

– Salut, Jill. Comment ça a marché?

– Je ne sais pas. Je crois que j'ai bien passé les épreuves en mer. Quant à l'examen écrit, Gordon est en train de le corriger...

Scott l'encouragea d'un sourire.

– Je suis sûr que vous avez été formidable! Vous êtes une bonne plongeuse. Si vous réussissez, vous devriez essayer d'obtenir un certificat de monitrice.

– Eh bien... puisque vous m'en parlez, je peux bien vous avouer que j'ai un peu espéré vous remplacer après votre départ.

Il éclata de rire.

– Je ne voudrais pas vous faire de peine, mais il vous faut pas mal de pratique et d'expérience pour ça!

– Ah oui?

– Il faut d'abord que vous soyez l'assistante d'un moniteur pendant au moins un an, pour apprendre, entre autres choses, à bien communiquer avec les élèves. Vous devez également prouver que vous avez participé à quarante plongées au large avec au moins trente heures d'expérience sous-marine. Ensuite, il faut suivre un cours d'entraînement de moniteur, de préférence à l'APMP ou Association professionnelle des moniteurs de plongée.

– Ah! fit-elle.

Elle le regarda avec un étonnement qui fit rire Scott alors qu'il s'accroupissait pour replacer la boîte des régulateurs dans la vitrine, disparaissant ainsi un moment. Juste à cet instant, Gordon sortit du bureau et vint vers Jill avec une expression bizarre.

– Où est Dougherty? demanda-t-il.

Elle fit un geste vague vers l'espace apparemment vide autour d'elle.

– Aucune importance, déclara-t-il. Voilà votre examen. Votre travail est parfait.

Il était tout près d'elle et la toisait, les yeux fixés sur ses lèvres entrouvertes, sur ses yeux bleus surpris. Elle prit machinalement les feuillets qu'il lui tendait.

– Parfait?

– Oui... comme tout ce que vous faites, marmonna-t-il, puis il respira profondément et la regarda en face. Je suppose qu'après ce qui vient de se passer dans l'eau, vous comprenez la sagesse de ma proposition d'hier soir?

– Non!

Dans un élan de courage, Jill renia son acceptation de la veille. Les sourcils noirs de Gordon se haussèrent et il plongea ses yeux gris dans les siens.

– Non?

Elle jeta autour d'elle un regard plein de détresse en pensant que Scott entendait tout cela. Il n'avait pas fait un mouvement, pas le moindre bruit et Gordon ne pouvait se douter de sa présence. Cette situation empêchait Jill de déclarer à nouveau ses sentiments à Gordon, ce qu'elle brûlait pourtant de faire.

Gordon lui saisit une épaule, fasciné par ses lèvres roses, et il inclinait la tête vers elle quand, se dégageant brusquement, elle recula vers le mur de verre, au fond du magasin.

– Je refuse d'être un objet sexuel à votre disposition, dit-elle d'une voix dure. Peut-être votre secrétaire sera-t-elle plus accueillante?

Ahurie de s'entendre parler de manière si glaciale, elle perçut le sursaut de Gordon qui retourna aussitôt dans le bureau et claqua la porte avec une violence qui fit vibrer l'immense vitre.

Les épaules voûtées, la tête basse, Jill tenta de calmer les battements désordonnés de son cœur. Deux mains se posèrent alors sur ses épaules et elle se retourna vivement.

– Détendez-vous, mon chou, murmura Scott gentiment. Maintenant, je commence à apprendre bien des choses.

– Quelle choses?...

– Eh bien, par exemple, pourquoi je n'étais pas assez qualifié pour vous garder comme élève mais assez bon pour le public ordinaire... Querelle d'amoureux?

– Non! protesta trop rapidement Jill en rougissant. Nous... nous ne sommes pas amoureux. Au contraire, nous ne nous entendons pas du tout. Gordon ne peut pas me supporter, et...

– C'est bon, c'est bon, mon chou, dit Scott sur un ton railleur mais sans discuter. Faites-moi voir cet examen parfait.

En demandant cela, il lui faisait subtilement comprendre qu'il avait entendu chaque mot de la conversation. Jill lui tendit les feuillets d'une main tremblante et il les parcourut rapidement.

– Ceci confirme le conseil que je vous donnais tout à l'heure de viser la licence de moniteur.

– Et vous accepteriez que je sois votre assistante?

– Pour les trois mois qui me restent à faire ici, oui. Ensuite, il vous faudra faire équipe avec quelqu'un d'autre.

Ni l'un ni l'autre ne fit la moindre allusion au nom de ce « quelqu'un d'autre ».

– Quand pouvons-nous nous y mettre? demanda-t-elle.

– Demain. Vous m'aiderez pour mes leçons de la matinée. Et, naturellement, il vous faudra commencer à effectuer plus de plongées en mer.

– Demain?... Euh, Scott... Pourriez-vous passer me prendre pour venir ici?

En formulant cette question, elle eut du mal à le regarder en face. Jetant un coup d'œil à la porte du bureau, Scott hocha la tête.

– Oui, bien sûr. Dites-moi, pourquoi ne pas sauver votre fierté féminine en sortant avec un beau garçon qui vous adore?

Et, voyant le regard curieux et surpris de Jill, il s'inclina :

– C'est-à-dire... avec moi.

– Excellente idée! répliqua-t-elle en riant.

Et puis une douleur la transperça à la pensée que Gordon trouverait aussi que l'idée était excellente. Il serait même probablement soulagé qu'elle passe son temps avec un autre, lui permettant ainsi de respirer.

– Bien. Soyez prête ce soir à six heures, ordonna Scott.

– Eh bien! Vous ne perdez pas de temps, vous!

– Il le faut bien, mon petit. Je n'ai que trois mois devant moi!

La porte du magasin s'ouvrit et des clients entrèrent au moment où Gordon sortait du bureau, les clés de la Mercedes à la main. Il les donna à Jill et Scott alla accueillir les nouveaux venus.

– Yvonne me ramènera ce soir, dit-il d'une voix sans timbre qui fit à Jill l'effet d'une gifle.

Sans un mot, elle tourna les talons et sortit du magasin, la tête haute.

Jill se mit à sortir avec Scott presque tous les soirs. Son oncle l'approuvait et la faisait taire quand elle lui disait qu'elle passait plus de temps loin de lui qu'en sa compagnie.

– Allons donc, ma petite fille. Ça réchauffe mon vieux cœur de te voir sortir et t'amuser. Où allez-vous, ce soir?

Il y avait une semaine que Jill avait passé son dernier examen avec Gordon. Ces derniers jours, elle l'avait à peine vu. Souvent, il arrivait au moment où elle partait avec Scott. Et elle faisait tout pour paraître insouciante et gaie lorsque les deux voitures se croisaient, mais cette comédie lui usait les nerfs.

– Je ne sais pas. Je ne demande jamais. Scott aime bien me faire des surprises, répondit-elle avec désinvolture, sans ajouter que peu lui importait l'endroit où ils allaient, du moment que c'était loin de Gordon.

Scott l'avait emmenée au Marine Land et au centre spatial Kennedy. Ils étaient retournés une fois dîner au restaurant de la marina, où Jill avait eu du mal à avaler un tendre filet mignon. Cette soirée avait été gâchée avant de commencer quand elle avait appris que Gordon sortait de son côté avec Yvonne. La seule chose qui l'avait sauvée du désastre total, ç'avait été qu'il n'avait pas conduit sa blonde secrétaire dans le même restaurant qu'eux. En rentrant, elle avait trouvé la porte de la chambre de Gordon ouverte, ce qui signifiait qu'il n'était pas encore là, et elle s'était tournée et retournée dans son lit, jusqu'à ce qu'elle l'entende revenir, à plus de deux heures du matin.

Une autre semaine s'écoula. Scott était très satisfait d'avoir Jill comme assistante et ne manquait pas de la féliciter. Son caractère enjoué le poussa à suggérer de sortir pour fêter sa première quinzaine de « meilleure assistante qu'un moniteur de plongée puisse avoir », comme il disait. Jill n'eut pas le cœur de refuser, et quand il vint la chercher, Matt participa à la gaieté générale et insista pour que Scott et Jill prennent un verre avec lui.

– Ne veillez pas ce soir pour nous attendre, Matt! lança joyeusement Scott en escortant Jill à la porte.

Ils franchirent le seuil en riant, et soudain, Jill s'arrêta si brusquement que Scott lui heurta le dos.

– Hé! Qu'est-ce que...

Découvrant ce que voyait Jill, il se tut. Au volant de la Mercedes, Gordon enlaçait Yvonne dans une étreinte passionnée. Le souvenir des baisers de Gordon, de l'effet qu'ils faisaient à une femme, fit trébucher Jill, puis elle se hâta vers la voiture de Scott.

Il la suivit plus lentement, donnant au passage une petite tape sur le capot de la Mercedes, ce qui sépara le couple assis à l'intérieur.

Jill regardait droit devant elle quand Scott la rejoignit dans la MG. Il démarra, et un bref coup d'œil à la figure pâle de Jill lui fit clairement comprendre qu'elle souffrait. Il ne fit cependant aucun commentaire.

Il l'emmena pour la troisième fois à la marina, mais cette fois dans un coin discret du bar décoré d'antiquités.

Le bruit du verre contre le comptoir, devant elle, arracha Jill à la transe où elle était plongée. Voyant alors l'expression de Scott, elle sut que sa réaction, à la vue d'Yvonne serrée dans les bras de Gordon, l'avait trahie. Elle baissa les yeux.

– C'est Gordon, n'est-ce pas? demanda-t-il d'une voix curieusement douce.

Jill hocha la tête en silence.

– Et pour nous deux, ça ne va pas marcher?

Secouant la tête, elle souffla :

– Je suis navrée.

C'était vrai. Elle était sincèrement désolée. Il aurait été tellement plus simple, pour elle, d'aimer Scott!

– Ne vous en faites pas. Je crois que, tout au fond, je le savais, mais je continuais à espérer. Un peu comme un type en train de se noyer qui se cramponne à un canot qui fait eau de partout.

Une larme coula sur la joue de Jill, et avant qu'elle l'essuie, Scott la devança.

– Hé! Pas de ça! Je peux le supporter. Ce n'est pas la première fois. L'expérience m'a appris, ici du moins, que lorsqu'une fille a posé les yeux sur Gordon, tous les autres hommes deviennent insignifiants.

– Oh! Scott, qu'est-ce que je vais faire? demanda-t-elle dans sa détresse, en lui jetant un regard implorant à travers ses larmes.

– Avez-vous essayé de le violer? répliqua-t-il avec une légèreté forcée.

– Scott! lui reprocha-t-elle gentiment, mais sa manière de plaisanter l'apaisait.

Puis il lui vint une idée et, les coudes sur la table, elle se pencha vers lui et demanda avidement :

– Si vous étiez vraiment amoureux d'une femme et si vous aviez une raison stupide de ne pas vouloir l'avouer, qu'est-ce qui vous ferait changer d'avis et courir vers elle?

D'abord dérouté, Scott finit par répondre lentement :

– Eh bien... euh... la voir avec un autre type, sans doute. Comme vous avez vu Gordon et Yvonne ce soir.

– Précisément! Alors, il suffirait que je fasse devant lui une exhibition assez flamboyante?... Des baisers, des soupirs, enfin toute la panoplie, non?

Ses yeux brillaient et Scott la considéra d'un air un peu alarmé.

– Oui, ça devrait suffire, marmonna-t-il. Jill, vous ne suggérez pas que vous et moi... euh...?

– Si! Oh, Scott! vous voulez bien? Je vous en prie! implora-t-elle. Uniquement quand il est là. Venez à la maison le soir. Nous nous installerons dans la véranda, sous son nez, et...

– Pas la peine de me faire un dessin, dit-il avec un sourire ironique.

– Merci, Scott! Je vous embrasserais volontiers... pour ça!

– Ma foi, c'est un commencement, assura-t-il en retrouvant son humeur taquine. Alors, vous avez retrouvé l'appétit, maintenant?

Ils rentrèrent de bonne heure ce soir-là, et s'assirent dans la véranda un moment, en parlant tout bas de manière que personne ne puisse entendre leur conversation de la maison. En réalité, Scott parlait de sa Californie natale et de son projet d'ouvrir une école de plongée. Ils causèrent ainsi jusqu'à ce que la haute silhouette de Gordon apparaisse.

– Dougherty, vous ne croyez pas qu'il serait temps de partir? demanda Gordon.

– Ah? Il est tard? demanda ingénument Jill.

– Très tard, répliqua-t-il.

Scott soumit Gordon au spectacle d'un long baiser passionné, puis il prit congé de Jill.

Les yeux modestement baissés, elle passa devant Gordon et monta dans sa chambre. Si l'expression sombre qu'elle avait surprise dans les yeux de Gordon était une indication sur ses sentiments, le baiser de cinéma avait fait son œuvre.

Pendant toute la semaine suivante, Jill observa Scott en train de donner des leçons à divers élèves, parmi lesquels de très jeunes enfants qui faisaient songer à des têtards quand ils nageaient dans la piscine. Elle l'aida et prouva ses talents de monitrice en captivant les plus petits.

Une fois, elle remarqua que Gordon l'observait mais elle ne pouvait quitter ses petits « têtards » des yeux pour le regarder en face.

Tous les soirs, Scott venait passer un moment avec elle dans la véranda. Parfois, Matt les rejoignait mais jamais Gordon, sauf quand il surgissait pour rappeler l'heure à Scott. Et chaque fois qu'il venait le chasser, Jill avait droit à un baiser très passionné. Elle regrettait sincèrement que Scott ne puisse attiser en elle une ardeur semblable. Elle aurait eu moins de remords. Elle avait peur qu'il ne caresse encore l'espoir de la conquérir, et se sentait coupable.

Ce dimanche-là, elle avait décidé de dire à Scott qu'ils devaient mettre fin à toute cette comédie et elle l'attendait dans la véranda, après le dîner, quand Gordon apparut.

– On vous demande au téléphone, dit-il en désignant le bureau d'un signe de tête. Votre amoureux, ajouta-t-il d'une voix railleuse quand elle passa devant lui.

Un sourire discret aux lèvres, elle prit l'appareil.

– Oui?

– Jill? Ici Scott. Ecoutez, j'ai reçu de mauvaises nouvelles de chez moi. Papa a eu une attaque. Il faut que je parte tout de suite...

– Je suis désolée, Scott. Est-ce que c'est très grave?

Jill, pleine de compassion, se laissa tomber sur le fauteuil que Gordon venait de quitter. En se tournant vers la porte, elle vit qu'il avait disparu pour la laisser téléphoner en paix.

– On ne sait pas encore, répondit Scott. Il paraît qu'il va devoir cesser de travailler. Ils... on veut que je rentre pour que je reprenne l'affaire. Alors, j'ai voulu vous appeler pour vous prévenir que je ne peux pas venir ce soir. Il faut que je fasse mes bagages. J'ai déjà parlé à Matt, et Gordon reprendra mes cours. Croyez-vous que vous pourrez être son assistante?

– Bien sûr. Ne vous inquiétez pas de ça, Scott. Je sais que je peux me débrouiller. Surtout avec les petits têtards, assura-t-elle.

– Vous êtes épatante, Jill. Je... je ne veux pas venir vous dire adieu. Vous devez comprendre pourquoi.

Il avait une voix grave et Jill ferma les yeux. Elle avait du chagrin.

– Oui... je crois que c'est mieux ainsi. Je... justement, je voulais vous dire ce soir que je ne peux plus supporter cette comédie.

– Oui, eh bien... c'est tout, Jill. Adieu.

– Adieu Scott. Et... Scott?

– Oui.

– Ecrivez-nous pour nous tenir au courant.

C'était presque une supplication.

– Promis, dit-il.

Il raccrocha et Jill en fit autant, les larmes aux

yeux, regrettant le mal qu'elle lui avait fait inutilement. Elle venait d'apprendre que les hommes ne sont pas des jouets avec lesquels on peut faire tout ce qu'on veut sans crainte de les briser. Elle mit son visage dans ses mains puis, ayant essuyé ses larmes, elle se redressa... et se trouva face au visage énigmatique de Gordon.

Il était debout sur le seuil et l'observait, les lèvres pincées, les mains dans les poches.

– Si j'ai bien compris, votre amoureux vous abandonne? demanda-t-il d'une voix dure.

– Oui... demain.

– Il vous a demandé de l'accompagner?

L'éclat de ses yeux gris était effrayant et Jill répondit d'une voix mal assurée :

– Non, pas du tout.

Elle recula vers la porte donnant sur le couloir, sans quitter des yeux le visage furieux de Gordon.

– Je vous avais prévenue! Je vous avais bien dit qu'il partirait d'ici célibataire! tonna-t-il d'une voix accusatrice.

Jill n'eut pas le courage de lui dire pourquoi Scott ne lui avait pas demandé de partir avec lui.

– Oui, oui, en effet, bredouilla-t-elle.

Et elle prit la fuite, sans se douter que Gordon se méprenait complètement sur son évidente détresse.

Elle trouva son oncle dans la bibliothèque où il se reposait sur une chaise longue en parcourant un grand album dont la jaquette était illustrée d'une photo en couleurs du monde sous-marin. En voyant la figure pâle et ruisselante de larmes de sa nièce, il s'inquiéta.

– Ma chérie, que t'arrive-t-il?

– Je viens d'avoir Scott au téléphone, oncle Matt.

– Ah! oui. Son père... C'est terrible. Avoir une attaque si brusquement, et besoin de Scott tout de suite...

Il tapota le pouf à côté de sa chaise longue et Jill s'y assit docilement.

Ils parlèrent pendant un moment et Jill fut bientôt assez calme pour lui poser des questions sur le grand album plein de photos.

– C'est un cadeau de Gordon. Un dictionnaire illustré de la faune et de la flore des récifs de corail, dit-il en le refermant brusquement. Tiens, tu veux le regarder?

– Merci. Avec plaisir, puisque, pour le moment, c'est tout ce que je peux voir de ces merveilles, dit-elle avec nostalgie.

– Est-ce que Gordon est là? demanda Matt subitement.

– Je crois qu'il est dans le bureau.

Matt se leva.

– Parfait. J'ai à lui parler. Excuse-moi un instant, ma chérie.

– Bien sûr. J'emporte l'album pour le parcourir au lit, après mon bain.

Elle embrassa son oncle, le suivit hors de la pièce et lui souhaita bonne nuit au pied de l'escalier.

Le lendemain matin, Jill découvrit la raison du comportement bizarre de Matt dans la soirée. Elle prit sa tasse de café à la cuisine pour aller le rejoindre dans la véranda et fut surprise d'y trouver Gordon, pas encore parti pour le magasin. Puis elle comprit qu'il avait dû l'attendre, puisque Scott n'était plus là pour la conduire. Elle s'assit à côté de son oncle.

– Bonjour, Jill, dit-il avec un pétillement joyeux dans les yeux. Alors, l'album t'a plu?

– Oh! oui, beaucoup! C'est merveilleux! répondit-elle en cherchant à comprendre la raison de son humeur si joviale.

– Ça te plairait de voir tout cela de tes propres yeux? demanda-t-il.

– De mes yeux? Mais...

– Gordon et moi, nous avons eu une petite conversation, l'interrompit Matt, incapable de garder son secret plus longtemps. Il a grand besoin de vacances, et mon associé de Miami me harcèle pour que je descende voir les améliorations qu'il a apportées à notre hôtel. J'ai donc décidé que nous irions tous les trois et Gordon a gentiment proposé de t'emmener plonger dans le sanctuaire sous-marin, à la pointe nord de Key Largo, que l'on appelle le parc sous-marin Pennekamp.

Il annonça tout cela avec une satisfaction encore accrue par l'air à la fois ébloui et effaré de Jill, muette de joie. Comme elle tournait ses yeux bleus écarquillés vers Gordon, celui-ci murmura :

– Cela contribuera peut-être à apaiser votre petit cœur blessé?

– Gordon! gronda Matt.

– Quand partons-nous, oncle Matt?

– Aujourd'hui! Va vite faire tes bagages pour plusieurs jours, ordonna-t-il gaiement.

Avec un petit cri de ravissement, qui apparemment surprit beaucoup Gordon, Jill se leva d'un bond pour embrasser son oncle avant de lui obéir en courant.

12

A onze heures, ils s'installèrent dans la Mercedes et partirent. Matt était à l'avant avec Gordon, et Jill avait tout l'arrière pour elle, avec les cartes routières, les guides et le gros album sur les récifs de corail.

Ils devaient rouler environ cinq heures et demie et passer la nuit à l'hôtel de Matt à Miami. Le lendemain, Gordon et Jill continueraient jusqu'à Key Largo.

Il y avait une heure qu'ils étaient en route quand Jill s'aperçut que Gordon l'observait dans le rétroviseur. Se voyant surpris, il regarda immédiatement la route mais elle avait eu le temps de voir son expression – légèrement réprobatrice – et ne savait qu'en penser. Soudain, dans un éclair de perspicacité, elle se demanda s'il s'attendait à ce qu'elle soit affligée et silencieuse, consumée de chagrin après le brusque départ de Scott. « Eh bien, se dit-elle, s'il s'attend à cela, il va être déçu! » Il n'y avait de place dans son esprit que pour la joie et la surexcitation à la perspective de plonger avec Gordon dans l'univers magique des coraux, et elle fredonnait toute seule en tournant les pages du bel album. Elle essayait de retenir par cœur les noms de toute cette faune et de cette flore marines, pour tout reconnaître lorsqu'elle serait dans le parc sous-marin. Elle s'appliquait tellement qu'elle ne vit plus les fréquents coups d'œil de Gordon dans le rétroviseur.

A leur arrivée, ils furent accueillis par un petit homme chauve tout rond, portant un bermuda blanc et une chemise outrageusement bariolée.

– Matt! Mon vieux renard! tonna-t-il. Qu'est-ce qui t'a arraché à ton antre?

Il serra vigoureusement la main de Matt, sa figure poupine illuminée d'un large sourire réservé aux chers et vieux amis. L'expression de Matt en était la copie conforme.

– Sidney, je te présente ma nièce, Jill Taggert! C'est plus ou moins à cause d'elle que je suis descendu.

Jill s'avança, aussitôt gratifiée d'une étreinte d'ours à lui briser les côtes.

– Eh bien! s'écria le nommé Sidney. Je ne sais pas comment vous avez accompli cet exploit, jeune personne, mais je vous en serai éternellement reconnaissant! Ça fait des siècles que j'essaie de faire venir ici ce vieux coyote rusé, mais il a toujours des prétextes futiles pour rester chez lui! Ah! Gordon, mon garçon! Seigneur! Tu es là aussi? Mais qu'est-ce qui se passe? Daytona a sauté, ou quoi?

Gordon s'approcha en souriant et serra la main de Sidney.

– J'emmène Mlle Taggert à Pennekamp, demain. Elle vient de terminer un cours de plongée et je vais récompenser ses efforts.

– Eh bien! reprit la voix tonitruante de Sidney, ça s'arrose! Matt, tu as ton appartement habituel! J'ai mis Gordon et Mlle Taggert à côté. Pas ensemble, tout de même, ajouta-t-il malicieusement avant de faire signe à un chasseur. Bobby, porte les bagages de ces braves gens dans la suite présidentielle, et plus vite que ça!

Bobby les conduisit en riant vers les ascenseurs qui les transportèrent au dernier étage. Puis il s'occupa de distribuer les valises dans les chambres appropriées. Matt vint voir si celle de Jill, à côté de la sienne, lui convenait.

– Oncle Matt, je n'ai pas besoin d'une aussi grande chambre! protesta-t-elle.

– Je ne veux rien entendre. Quand on mérite d'être royalement traité, on l'accepte, déclara-t-il en arrondissant son bras pour l'offrir galamment à sa nièce. Descendrons-nous goûter au festin que Sidney a certainement préparé?

Le buffet de Sidney avait effectivement tout du festin médiéval. Dans un salon particulier, près de la salle à manger principale, il avait fait installer une table comme Jill n'en avait jamais vu. Des buissons de langoustines, avec des jattes de sauces diverses, des salades et des entrées chaudes, d'énormes tranches de rosbif saignant... Jill ouvrit des yeux ronds mais elle comprit vite que Sidney avait tout simplement l'habitude de voir grand.

Au cours de la soirée, plusieurs employés de l'hôtel vinrent présenter leurs respects à Matt. Jill, assise à côté de Gordon, regardait son oncle causer avec l'un d'eux, quand Gordon se pencha pour lui chuchoter à l'oreille :

– Avec un succès pareil, on se demande pourquoi il ne vient pas plus souvent...

Son haleine chaude caressa la joue de Jill et la troubla. Elle se pencha aussi vers lui, respira le parfum de sa lotion, et soudain la voix lui manqua un peu.

– Oui, bredouilla-t-elle. Je suppose qu'il évite les feux de la rampe par... discrétion...

Elle leva les yeux, son regard plongea dans celui de Gordon et elle eut le souffle coupé en voyant son expression de brûlante sensualité.

– Jill, je...

Elle ne sut jamais ce qu'il allait lui dire car Sidney profita de ce moment pour faire irruption dans leur petit monde tranquille.

– Gordon! Viens donc aux cuisines avec moi! Je veux te montrer le nouveau système que j'ai inventé pour accélérer le service!

Avec une petite grimace et un geste d'excuse, Gordon la quitta pour suivre Sidney.

Jill les suivit des yeux en souriant. Elle comprenait un peu pourquoi Matt ne fréquentait pas plus souvent son hôtel. Sidney devait être très vite plutôt envahissant!

Le lendemain matin, Jill et Gordon partirent pour Key Largo, à une heure de route, avec l'exubérante bénédiction de Matt. Il resta sur le perron avec Sidney, impatient de lui montrer les récentes améliorations apportées à l'hôtel, jusqu'à ce que la voiture ait disparu.

La veille au soir, il y avait eu une subtile modification dans l'attitude de Gordon à l'égard de Jill et, assise à côté de lui dans la Mercedes, elle sentait son cœur chavirer.

Il conduisait avec aisance, et ils atteignirent bientôt le pont menant aux premières îles, les « keys ». Key Largo ressemblait aux environs surpeuplés de Miami alors que les îles plus méridionales avaient un aspect plus sauvage et tropical. Mais Gordon et Jill n'étaient pas des touristes terrestres : ils allaient explorer le monde sous-marin.

Affrétant un bateau, dont le vieux capitaine semblait tout droit sorti des pages de Moby Dickils prirent la mer. Gordon avait dit que pour leur plongée ils n'avaient besoin que de justaucorps mais qu'ils devaient porter des gants pour protéger leurs mains des arêtes très coupantes des coraux. Tandis que le bateau fendait les flots en direction de Pennekamp, ils s'équipèrent.

Jill enfila ses palmes quand le capitaine coupa le moteur et annonça qu'ils étaient arrivés à destination. Gordon la précéda dans l'eau et attendit qu'elle soit près de lui pour donner le signal de la descente, le pouce en bas. Leur plongée fut relativement peu profonde – pas plus de six à sept mètres – parce que c'était là que les couleurs étaient les plus éclatantes. Jill en fut émerveillée, comme elle ne l'avait jamais été de sa vie. Et quand ils approchèrent du fond, les motifs flous de cette tapisserie multicolore vers laquelle ils allaient se précisèrent.

Avec une joie sans mélange, Jill vit de ses yeux tout ce qu'elle avait admiré dans l'album. Les coraux gigantesques, en touffes, en arbustes et en bouquets, les éponges, les éventails en filigrane des madrépores, tout l'enchantait. Mais ce qui l'impressionnait le plus, c'était le nombre incroyable de poissons et leur étonnante diversité. Ils planaient comme d'immenses nuages et examinaient Jill sans vergogne, avec autant de curiosité qu'elle en avait pour eux. Parfois, leurs corps étincelants lui bouchaient complètement la vue. Elle les sentait frôler ses bras, sans aucune crainte. Ils devaient être habitués aux plongeurs.

Dans ce silence de cathédrale, à peine troublé par le bruit de sa respiration, elle avait l'impression d'être une pécheresse foulant un sol sacré. Pendant trente minutes, jusqu'à ce que leur réserve d'air commence à baisser, ils glissèrent gracieusement entre les eaux en admirant ce temple sous-marin dédié à la divine création. Des invertébrés ressemblant à des plumes d'autruche, des spirales rouges hérissées de piquants, de longues algues vertes ou dorées ondulaient au gré du courant. Des fouets de mer géants, semblables à des cactus velus, tendaient leurs bras vers la lumière, comme en adoration silencieuse.

Lorsque Gordon fit signe qu'il était temps de remonter, Jill fut désolée. Elle était insatiable de cette splendeur et elle savait que jamais elle ne se lasserait de revenir au récif.

Ils refirent surface près du bateau, et le vieux marin aida Jill à grimper à l'échelle de corde. Gordon la suivit. En ôtant ses bouteilles et son respirateur, elle ne put réprimer son enthousiasme.

– Oh! Gordon! C'était merveilleux! Je ne trouve pas les mots pour exprimer cette incroyable beauté. Merci! Merci infiniment!

Leurs regards s'accrochèrent et une étincelle chargée d'émotion jaillit entre eux. Saisie par la profondeur du sentiment qu'elle voyait dans ses yeux, elle ouvrit la bouche pour parler, mais le capitaine demanda :

– Vous êtes prêts à rentrer au port, maintenant?

– Oui, répondit Gordon sans regarder le marin pour ne pas rompre ce lien qui l'unissait à Jill.

Le bateau repartit vers l'ouest, sous le soleil de l'après-midi qui entamait sa descente vers l'horizon. S'abritant les yeux de la main, Jill s'assit sur le banc capitonné de l'arrière. Gordon se laissa tomber à côté d'elle. Le bruit du moteur rendant toute conversation impossible, il lui prit la main et la tint serrée jusqu'à leur arrivée. Jill était bien trop heureuse et troublée pour la lui retirer.

A l'appontement, le marin offrit aimablement de les emmener à nouveau en mer quand ils voudraient, puis il les laissa. Gordon rangea leur matériel dans le coffre de la Mercedes et commença à abaisser la fermeture à glissière de son justaucorps. Jill l'imita, se dépouilla de sa demi-combinaison bleue et la posa sur des serviettes. Elle remarqua alors le comportement singulier de Gordon. Il n'avait ouvert qu'à moitié sa fermeture et, s'étant immobilisé, il la regardait avec une expression bizarre.

– Même avec vos cheveux mouillés plaqués sur vos oreilles, vous êtes belle, murmura-t-il d'une voix sourde.

Jill retint sa respiration, ses yeux immenses et ses lèvres inconsciemment entrouvertes invitant au baiser. Avec un gémissement, Gordon céda à sa prière muette et, lui prenant le visage entre ses mains, il écrasa ses lèvres sur les siennes avec une telle violence qu'on aurait dit qu'il la punissait d'une faute qu'elle ignorait avoir commise.

Soudain, la pression cessa et le baiser devint plus sensuel, plus tendre. Enfin Gordon redressa un peu la tête et lui chuchota à l'oreille :

– Répondez à une question...

– Oui?

N'importe quoi, il pouvait lui demander n'importe quoi... Elle ne voulait que savourer encore le goût de ses lèvres, sans parler.

– Est-ce que je me suis trompé? Ou bien est-ce que Dougherty n'est rien pour vous?

La voix grave avait quelque chose de désespéré et Jill leva vers lui des yeux incrédules.

– Quel Dougherty? répliqua-t-elle malicieusement.

Elle fut aussitôt récompensée par un nouveau baiser, bref mais ardent.

– Vous doutez-vous de la torture que vous me faites subir depuis deux semaines? demanda-t-il, bougon.

– Moi?

Elle le regarda d'un air innocent, et il resserra convulsivement son étreinte.

– Comme si vous ne le saviez pas! s'exclama-t-il. Assise si près de lui, dans la véranda, tous les soirs! Chaque fois que je tournais la tête, vous étiez ensemble. A donner des leçons, à plonger, à partir dans sa ridicule petite voiture verte! Je ne sais ce qui me retient de vous battre sans pitié!

Elle frémit de plaisir en entendant cette voix vibrante de passion possessive et se blottit tout contre son torse musclé, le nez chatouillé par la toison duveteuse qui passait par la fermeture entrouverte.

– Il y a une chose, cependant...

Il s'interrompit, prit Jill par les épaules et la repoussa légèrement. Elle releva la tête.

– Quoi donc?

Les mots ne l'intéressaient pas. Son regard ne pouvait se détacher de la bouche dure si bien ciselée, et elle était avide de sentir encore sa tiédeur sur ses lèvres. Il la secoua un peu, pour la contraindre à l'écouter.

– Pourquoi avez-vous pleuré, après le coup de téléphone de Dougherty, dimanche soir?

Il y avait tant de douleur dans la voix et dans l'expression de Gordon, qu'elle se hâta d'expliquer :

– Parce que je m'étais honteusement servie de lui.

– Comment cela?

– Eh bien, je voulais...

Elle se tut brusquement et rougit.

– Vous vouliez... quoi?

Gordon paraissait à bout de nerfs; ses mains se crispèrent douloureusement sur les frêles épaules de Jill.

– Je voulais vous rendre jaloux, avoua-t-elle en guettant sa réaction.

– Quoi! Espèce de petite...

Il retint ce qu'il allait dire et, la reprenant dans ses bras, la serra à l'étouffer. Son baiser fut un mélange de souffrance et de plaisir.

– Eh bien, vous avez réussi. J'étais fou, je perdais la raison quand je vous voyais ensemble alors que l'amour me rongeait le cœur. Et dire que ce n'était qu'une comédie!

Il rit tout bas, un pli ironique au coin des lèvres.

– Ah, je vous ai bien sous-estimée, petite diablesse! Vous n'êtes pas une enfant. Vous êtes une vraie femme!

– Et je suis toute à vous, souffla Jill en se laissant aller contre lui.

– Alors, vous accepterez ceci? demanda-t-il en glissant une main à l'intérieur de son justaucorps.

Il l'examinait avec intensité et ses yeux gris transmettaient un message qu'elle était encore incapable de déchiffrer.

– On dirait que j'ai rapporté quelque chose du fond, dit-il, énigmatique.

– Quoi?

Jill essaya de voir à l'intérieur de la combinaison

mais elle ne distingua que le torse nu, couvert d'une toison frisée.

– Un trésor. J'espère qu'il vous plaira.

Elle éclata de rire.

– Un trésor? Vous vous moquez de moi!

– Pas du tout. C'est bien ce que j'ai là, affirma-t-il, et il retira de son justaucorps un petit objet étincelant.

Jill ouvrit la bouche mais aucun son n'en sortit. Médusée, elle contemplait le solitaire qu'il lui présentait, un diamant aux multiples facettes où le soleil se reflétait dans toute sa gloire en jetant des feux multicolores.

– Vous ne pouvez pas avoir trouvé cela au fond de l'Océan! s'exclama-t-elle.

– Oh, mais si! insista Gordon avec un beau sourire et, prenant la main gauche de Jill, il murmura : Je l'ai trouvé au fond de cet océan d'amour dont nous parlait Matt.

Des larmes de bonheur jaillirent des yeux couleur de bleuet de Jill quand elle se jeta au cou de Gordon.

– Alors, vous m'aimez vraiment!

Pour toute réponse, elle fut de nouveau serrée contre son corps musclé et embrassée avec passion, sans le moindre souci des passants.

Puis, répondant à la première question, elle tendit sa main gauche en murmurant :

– Oui, j'accepte ce trésor.

Mais soudain, le poing de Gordon se referma autour de la bague.

– Eh bien, vous ne l'aurez pas.

– Comment? demanda-t-elle, tout à fait décontenancée.

– Pas avant que vous ne m'ayez dit que vous

m'aimez, dit-il, l'air à nouveau distant, lointain, comme s'il doutait encore de la réponse.

– Mais je vous l'ai dit, le soir de la réception d'oncle Matt!

– Oui, mais je veux vous l'entendre dire en plein jour, et pas après un moment d'égarement sensuel.

– Ah... souffla-t-elle, baissant les yeux pour lui dissimuler leur éclat malicieux. Je vous aime, Gordon.

Puis elle releva vers lui un visage radieux, exprimant tout l'amour qu'elle éprouvait pour lui. Il glissa alors la bague à son doigt et l'embrassa à la faire défaillir.

Au bout d'un très long moment, il détacha à regret ses lèvres de la bouche de Jill.

– Quand avez-vous compris que vous m'aimiez? demanda-t-elle, en posant sur lui des yeux pleins d'adoration.

Il rit.

– Probablement à l'instant où je vous ai vue, toute perdue, à l'aérogare. Vous étiez exactement le contraire de ce que j'attendais. Je cherchais une femme froide, calculatrice, cupide, une femme qui ne pourrait apporter que des ennuis à Matt. Et quand j'ai vu cette douce petite fille sans défense, je n'ai pu y croire! Je me suis dit que c'était une façade soigneusement préparée, une comédie...

– Ah? murmura-t-elle, puis elle le regarda, une étincelle de jalousie dans les yeux. Je m'attendais de mon côté à Yvonne, pas à un homme... Ce qui m'amène à poser à mon tour une question sur vos aventures passées...

– Vraiment?

Gordon sourit, comme s'il savait exactement ce qu'elle allait demander, et le cœur de Jill bondit dans sa poitrine. Il était si beau que son corps ne pouvait lui résister, mais elle voulait que tout soit bien éclairci entre eux et elle fit un effort pour retrouver son souffle.

– Je voudrais que vous me parliez d'elle. D'Yvonne. Quels étaient au juste vos rapports avec elle ?

Elle dit cela d'un ton vaguement craintif comme si, au fond, elle ne voulait pas le savoir. Peut-être avaient-ils été amants, et cette possibilité lui faisait horreur.

– Nous n'en avions aucun.

Ces mots lui causèrent un tel choc qu'elle en resta bouche bée.

– Aucun ?

– Aucun, affirma-t-il calmement. Notez qu'elle me faisait clairement comprendre que si je lui en donnais l'occasion, elle ne la raterait pas... Mais son mari était mon ami. Il était aussi un de nos moniteurs. Il est mort dans un accident, il y a deux ans.

– En plongée ?

– Non, dans un accident d'auto. Après sa mort, Matt a embauché sa veuve comme secrétaire. J'ai toujours dit que Matt était incapable de résister à un joli visage et à une histoire navrante, mais finalement, dans ce cas, il a eu raison. C'est vraiment une parfaite secrétaire. Cependant, je la soupçonne d'avoir cru qu'en travaillant au magasin, elle pourrait plus facilement parvenir à me faire succomber à ses charmes. J'ai réussi à lui résister, dans l'ensemble.

– Vous n'aviez pourtant pas tellement l'air de résister quand vous l'embrassiez le soir où vous êtes revenu à la maison avec elle, au moment où Scott et moi sortions pour aller dîner dehors ?

– Vous avez été jalouse? demanda-t-il, un pétillement amusé au fond de ses yeux gris.

– Oui! s'écria-t-elle, éclatant aussitôt de rire.

– Alors, vous pouvez comprendre ce que j'éprouvais en vous voyant constamment avec Scott. Quand je vous ai vue pour la première fois, à l'aéroport, je ne savais pas que je vous aimais, mais dès le lendemain, quand je vous ai emmenée au magasin et que Dougherty et vous avez paru si bien vous entendre, j'ai commencé à ressentir ces petits pincements troublants. J'ai essayé de me persuader que j'étais furieux de m'être laissé abuser par vos airs innocents, tout comme je pensais qu'ils abusaient Matt. Mais finalement, j'ai bien été forcé de reconnaître la vérité. Vous aviez mon cœur à ajouter à votre collection...

Il n'y avait aucun regret dans ses yeux étincelants quand il ajouta :

– Matt va être heureux.

– Oui.

Elle n'eut pas besoin d'en dire plus. Ils savaient tous deux quel serait le bonheur de Matt quand ils lui annonceraient la nouvelle.

– Allons lui dire qu'ensemble nous avons découvert un océan d'amour à nous, proposa Jill.

Gordon la fit monter dans la voiture, ferma la portière, puis il passa la tête par la vitre baissée pour embrasser la joue rougissante de Jill. Et, avant de se glisser au volant pour reprendre la route, il dit avec ferveur :

– Et j'espère que nous allons nous y noyer!

105

DONNA VITEK

Un secret bien gardé

Katherine vient d'apprendre par Justin Navarro, messager tombé du ciel, que sa mère lui a menti: son père ne l'a pas oubliée... C'est décidé, elle suivra Justin au Maroc. Elle le suivrait n'importe où...

106

ANNE HAMPSON

L'aurore aux doigts de fée

C'est de la folie d'avoir accepté de devenir la secrétaire du señor Ramo Calzada Gonzalez, avocat à Porto Rico, sans l'avoir jamais rencontré! Sous ses dehors aristocratiques, Paula entrevoit déjà un homme dur, cruel même...

108

PATTI BECKMAN

Un jour, peut-être...

Félicia est à la fois effrayée et fascinée! Un bel inconnu la poursuit jusque dans sa classe. Mais quand elle veut l'approcher, il disparaît aussitôt. Qui est-il? Que lui veut-il? Quel est ce mystère?

109 JULIET ASHBY

Des violons qui chantent

Pierce Reynolds, ce jeune magnat de la finance qui lui a fait perdre sa situation, propose à Penny de l'emmener avec lui à Vienne, pour acheter un violon... Penny hésite. Est-ce la fin ou le commencement de tous ses ennuis?

110 LAURA HARDY

Le partage de Salomon

Marc Athicos veut lui prendre son neveu. Plutôt mourir! Elle n'abandonnera jamais Stevie! Malheureusement ce démon de Marc est beau comme un dieu. Et il propose à Kate de venir en Grèce avec eux...

99 DONNA VITEK Le portique de lune
100 PATTI BECKMAN Amour, délices et rage
101 SARA LOGAN Les fleurs du désir
102 DOROTHY CORK L'amour à crédit
103 FRAN WILSON Les vignes du bonheur
104 LINDA WISDOM Des lendemains qui chantent

105 DONNA VITEK Un secret bien gardé
106 ANNE HAMPSON L'aurore aux doigts de fée
107 ELIZABETH REYNOLDS Un océan d'amour
108 PATTI BECKMAN Un jour, peut-être...
109 JULIET ASHBY Des violons qui chantent
110 LAURA HARDY Le partage de Salomon

111 JANET DAILEY Aux sources du désir
112 LEE SAWYER Le bonheur a sonné
113 BRITTANY YOUNG Fiancés malgré eux
114 FERN MICHAELS La métamorphose de Caren
115 TRACY SINCLAIR Les sacrifices de l'amour
116 ANNE HAMPSON Par un beau matin

117 NORA ROBERTS J'ai tant rêvé...
118 BROOKE HASTINGS A cœur et à cris
119 DOROTHY CORK A contre cœur
120 ANNE HAMPSON Mensonges et merveilles
121 CAROLE HALSTON D'or et d'amour
122 SUSAN TRACY L'amour frappe toujours deux fois

Achevé d'imprimer sur les presses de l'imprimerie Brodard et Taupin
7, Bd Romain-Rolland, Montrouge. Usine de La Flèche,
le 25 mars 1983. ISBN : 2 - 277 - 80107 - 0
6408-5 Dépôt Légal avril 1983. Imprimé en France

Duo 31, rue de Tournon, 75006 Paris
diffusion France et étranger : Flammarion